早瀬黒絵
Kuroe Hayase
Illustration
hi8mugi

『聖女様のオマケ』と呼ばれたけど、わたしはオマケではないようです。

2

これまでのあらすじ

クラスメイトの香月優菜と共に異世界召喚された
女子高生・篠山沙耶は、召喚先のドゥニエ王国で
魔力を持たない〝役立たず〟として蔑まれる。
しかしながら試しに魔法を使ってみると、
非常に強い魔力を持っていることが判明。
これを利用して他国に移り住むこともできるのでは？
と考えた沙耶は、
大国・ワイエル帝国の皇弟、
ディザークに交渉を持ちかける。
するとディザークは、黒髪黒目を持つ沙耶を帝国に
迎える条件として、婚約を結ぶことを提案し——
帝国に滞在するうちに判明する新たな真実。
沙耶がすべての属性の魔力を持つ聖女であること。
この世界で〝黒〟を持つ者は聖竜の愛し子であること。
〝役立たず〟ではないと証明された沙耶は、
帝国の聖女として、ディザークの婚約者として、
帝国で生きることを決めたのだった。

Character's profile

篠山沙耶《しのやまさや》

聖女である優菜と共に召喚された女子高生。実はチート級の魔力を持ち、現在はワイエル帝国の聖女。

香月優菜《こうづきゆうな》

ドゥニエ王国に召喚された聖女。優秀で性格も良いが、実は魔力の扱いが苦手。

ディザーク＝クリストハルト・ワイエルシュトラス

ワイエル帝国の皇弟で、沙耶の婚約者。いつも不機嫌な顔をしているが、沙耶を大事にしている。

ヴェイン

ワイエル帝国を守護する聖竜。沙耶を愛し子と呼び、普段は人間の姿で護衛している。

エーレンフリート＝イェルク・ワイエルシュトラス

ディザークの兄で、ワイエル帝国の皇帝。穏やかな見た目に反して食えない性格。

Contents

《第１章》
聖女の仕事
009

《第２章》
それぞれの思い
075

《第３章》
リディアンへ
096

《第４章》
魔物討伐
141

《第５章》
その後の話
203

番外編
香月優菜の一日
259

第1章　聖女の仕事

異世界に召喚されてから三ヶ月半。

わたし、篠山沙耶《しのやまさや》がワイエル帝国の第二聖女として公表されてから半月が経った。

現在わたしがいるワイエル帝国と国境を接するドゥニエ王国で行われた召喚の儀式。それに巻き込まれたわたしは『聖女様のオマケ』と呼ばれていた。一緒に召喚されたクラスメイトが聖女様だと言われ、魔法が存在するこの世界で、わたしは魔力のない役立たずとして扱われたのだ。

だが、実際は魔力があったし、魔法も使える。

わたしは王国に来ていた帝国の使者である皇弟殿下に交渉を持ちかけ、自身の保護を条件に皇弟殿下の婚約者として帝国へ逃げた。

しかし、調べた結果、わたしも聖女であることが判明した。

それだけでなく、帝国に存在する聖竜と同じ黒を持つ者として、聖竜の愛《いと》し子となった。

王国の王太子や皇弟殿下の元婚約者候補など、色々と問題はあったものの、わたしは無事、帝国の聖女となったのだ。

「今日のサヤは楽しそうだな」

そう言ったのは、黒髪に紅い瞳の美しい男性、ヴェイン様だ。

このヴェイン様は実は帝国の聖竜なのだが、わたしを気に入ったらしく、護衛としてそばについてくれている。

ただ、ドラゴンなので当然普通の人とは違う。今はわたしと共に礼儀作法や歴史などを学んでいるけれど、理解しているのかどうか微妙なところである。

それでも、同じ黒を持つわたしを大事に思ってくれてはいるようだ。

「はい、今日は香月《こうづき》さんが来るので」

召喚の儀式で喚《よ》ばれ、ドゥニエ王国の聖女になったクラスメイト、香月優菜《ゆうな》さんは魔力もあるし、魔法適性もあるが、いまだ魔法が使えない。

同じ異世界人同士、わたしが魔法を教えられるかもしれないと思い、魔法指導の場を設けてほしいと皇帝陛下に頼んだのだ。皇帝陛下はあっさり承諾してくれた。

ドゥニエ王国の王太子の件以降も香月さんは色々と不安だっただろうし、わたしも香月さんともっとゆっくり話す時間が欲しかったのでありがたい。

ヴェイン様と、王国でもずっとわたしを助けてくれた侍女のマリー・ルアールこと、マリーちゃんについて来てもらい、応接室へ向かう。

……香月さんと会うのは半月ぶりだ。

途中で声をかけられ、見慣れた姿が近づいてくる。

「サヤ、俺も同席しよう」

「ディザーク」

ディザーク＝クリストハルト・ワイエルシュトラス。

濃い藍色とも青とも見える短髪に紅い瞳の、眉間にしわが寄った男性はこの帝国の皇弟だ。わたしを婚約者にして帝国へ連れて来てくれた恩人で、今は恋人同士でもある。

「うん、いいよ。仕事は？」

「大体片付けてきたから問題ない」

そうして応接室に到着し、扉を叩くと、すぐに開かれて香月さんが顔を覗かせた。

ピンクブラウンの髪は肩口で切り揃えられていて、同色の瞳に可愛らしい顔立ちは相変わらず。

そこにいるだけで場の雰囲気が明るくなりそうだ。

「篠山さん！」

パッと香月さんが笑顔になる。

……可愛い人だなあ。

しかしわたしの横にディザークがいるのを見て、香月さんは慌てて礼を執った。

「失礼しました。皇弟殿下にご挨拶申し上げます」

「こちらこそ、王国の聖女にご挨拶申し上げる。今はサヤの付き添いに過ぎない。気にしないでくれ」

ディザークの言葉に香月さんは顔を上げ、わたしとディザークを見て少し目を瞬《しばた》かせた。

けれどもすぐにハッと我に返った様子で脇へ避《よ》けた。

「あ、邪魔をしてごめんなさい！　中へどうぞ……！」

応接室の中へ入る。

室内にはドゥニエ王国の使者がいて、木箱が沢山置かれていた。

ドゥニエ王国の騎士達もいるが、皆、表情が硬い。

そのままディザークと並んでソファーに腰を下ろす。

使者が座る向かい側のソファーに香月さんも座った。

「本日はお時間をいただき、ありがとうございます。帝国の聖女様が魔力充塡を行ってくださるとのこと、王国の民として、感謝の念に堪えません」

使者の言葉にディザークが頷いた。

「これはあくまでそちらの聖女が魔力充塡を行えるようになるまでの措置に過ぎない」

「はい、帝国と聖女様のお心遣い、決して忘れません……」

使者も、自国の王太子がわたしを無理やり王国に引き戻そうとしたことを知っているのだろう。

わたしは香月さんに心配そうに見つめられて笑い返す。

「香月さんは、ドゥニエ王国の王太子達が今後どうなるか聞いた？」

「うん」

頷いた香月さんは怒った顔をしていた。

でも、すぐに俯《うつむ》いてしまった。

「だけど、元はと言えば私のせいだよね。私が魔力操作が下手で、魔道具に魔力を注げなかったから、ヴィクトールはあんなことを……」

香月さんも王国の状況をきちんと知らされたらしい。

召喚した聖女である香月さんが、障壁魔法を張る魔道具・聖障儀《せいしょうぎ》に魔力を注げず、このままではドゥニエ王国内の村や街が魔物に襲われてしまうという事態になった。その問題を何とかするために王太子・ヴィクトールは、聖障儀に魔力を注ぐことが出来るわたしを無理やりドゥニエ王国へ連れ帰ろうと画策したのだ。

その件には帝国の公爵令嬢も関わっており、結果としては失敗に終わったものの、帝国の聖女であるわたしを奪おうとした事実は変わらない。

現在、王太子は王国の監視下にあり、王国と帝国の関係にも少し亀裂が入った。

もしわたしが聖障儀への魔力充塡をやめれば、王国は魔物の被害に遭う。

王国はギリギリのところで踏ん張っている状態だった。

……それもそうだよね。彼女がそれを知らないままでいるなどありえない。

「篠山さん、ごめんなさい」

わたしは首を振って否定した。

「違うよ、香月さん。わたしのことだって、この間のことだって、悪いのはそれを行った人間で、香月さんに責任はないよ」

顔を上げた香月さんの目から涙が零れ落ちる。

それを隠すように香月さんはまた俯き、服の袖で涙を拭っている。しかし止まらないらしく、何度も目元を擦っているので、わたしは立ち上がってハンカチを差し出した。

香月さんはそれに気付くと、戸惑ったもののハンカチを受け取って、目元に押し当てた。

「香月さん、魔力操作の訓練してる？」

わたしの問いに香月さんが頷いた。

「う、うん、でも、全然魔法が使えなくて苦戦してて……。みんなは私を聖女様って言って親切にしてくれるけど、それなのに何も出来ないのが苦しくて、どうしたら上手く出来るのか自分でもよく分からないの」

心配していた通りになってしまっているようだ。

「香月さんは王国を救いたいんだね」

香月さんがギュッとハンカチを握り締めた。

「……勝手に召喚されたことは怒ってるし、許せないけど、王国の人達が苦しんでる話を聞いて、私がそれを何とか出来るなら、そうするべきなんじゃないかって思う。この世界の私は聖女としてしか価値がないし」

「そんなことはないと思うけど……」

「篠山さんはどうして……ううん、何でもない」

言いかけて香月さんはやめた。

多分、わたしが王国のことをどう思っているか、何故助けてくれるのか訊こうとしたのだろうけど、王国とわたしの関係を思い出して訊いていいものなのか迷ったみたいだ。

「ドゥニエ王国は嫌いだけど、香月さんが苦しむのは嫌だから」

香月さんが驚いた様子でわたしを見る。

「まあ、ほら、帝国には聖女様がもう一人いてまだ余裕があるし、わたしがドゥニエ王国の聖障儀に魔力充填しても、結局は香月さんが聖女として活動するまでの時間稼ぎにしかならないっていうか……」

自分で説明しながら、これはお節介だったのでは、と思えてきて居心地が悪くなる。

場合によっては香月さんの立場を悪くしてしまうし、余計なお世話かもしれないし、香月さんに更にプレッシャーを与えてしまう可能性もある。

……どうしよう、失敗だったかな。

何て続きを言えばいいのか困っていると、それまで黙っていたディザークが口を開いた。

「サヤの今回の提案には利点と欠点がある」

唐突な言葉に思わずディザークを見る。

香月さんも同様に視線を向けた。

「まず利点だが、聖女殿の訓練を行う時間が稼げる。これは今の聖女殿には大きいだろう」

「はい……」

「次に欠点だが、一つは聖女殿の立場を悪くする可能性がある。これは当初の聖女殿とサヤの立場が逆転するというのが近い」

香月さんが訊き返す。

「私が魔力充塡の出来ない役立たずの聖女で、篠山さんが魔力充塡の出来る聖女だから、ですか」

「ああ、しかし王国の聖女はサヤではない。たとえ今は魔法が使えなくとも、将来のことを考えれば、王国唯一の聖女を無下に扱うことはないだろう。それを分かっている者はこれまでと変わらず今後も聖女殿に接するはずだ」

ディザークの話す内容を香月さんは嚙み締めているようだった。

「二つ目の欠点はそれに付随するが、聖女殿への圧が逆に高まるかもしれないということだ。同じ異世界人のサヤはちゃんと魔力を扱えたのに、と比べられ、余計に精神的に追い詰められる可能性もある」

既に追い詰められつつあった香月さんが頷く。それから、顔を上げた。

「帝国と篠山さんは、どうして、王国を助けてくれようとしているんですか？」

「サヤが王国の魔道具に魔力を注ぐ代わりに、その後、王国からはサヤへ近づかないという誓約を交わさせるためだ。魔道具への魔力充塡自体は転移門を使って魔道具を移動させれば、サヤを王国へ派遣させなくとも行える」

「なるほど……」

香月さんが納得した風に数度頷いた。

「帝国としては王国や周辺国に恩を売ることになる。もしも王国で魔物の被害がこれ以上大きくなれば、王国は民を守るためにと援助を求めてくるだろう。人員、金銭、武器、様々なものを要求される。それを断ればやがて民が安全な場所へ逃げようと帝国や周辺国へ流出し、我らはその対応をせねばならなくなる」

「帝国や周辺国に一番迷惑がかからないのが、篠山さんの提案なんですね……」

今、香月さんは苦悩しているはずだ。

わたしの今回の提案を受け入れても受け入れなくても、香月さんの感じるプレッシャーは変わらないかもしれない。

それどころか心労は増すかもしれない。

でも、香月さんは魔力充塡を行えない。

わたしの提案で王国は助かるが、自分の立場は悪くなって、身の置き所がなくなる可能性もある。

しばし香月さんは黙っていた。

手が白くなるほど拳を握り締め、そして、か細く息を吐き出すと、ハンカチで急にゴシゴシと目元を擦った。

力を入れすぎたせいか、顔を上げた香月さんの目元は赤くなっていた。

でも、まっすぐに背筋を伸ばした彼女はハッキリとした口調で言う。

「篠山さん、私が魔力充塡を出来るようになるまで、聖障儀への充塡と指導をよろしくお願いします」

一度唇を引き締め、香月さんが困ったような、悲しそうな顔をする。

「聖女として喚ばれたけど、私は力不足で、すぐに魔法が使えるようになるかは分からない。もちろん努力はする。でも、私の気持ちより、王国の人達の暮らしのほうが大事だから」

その声は震えていた。

……ああ、香月さんこそ、本物の聖女だ。

わたしも聖女ではあるけれど、帝国に住む人々のためというよりは、自分の居場所を確立するために動いているようなものだった。最近は香月さんのような気持ちも出てきたが、それでも、わたしはあまり聖女に向いているとは思えない。

……まあ、聖女の仕事はするけどね。

自分の生活のためにも、わたしを受け入れてくれた帝国のためにも。

わたしは立ち上がって香月さんの下《もと》へ行き、その手を握った。

微かに震える手は冷たかった。

「香月さん、勝手に提案してごめんなさい」

ふふ、と香月さんが苦笑する。

「篠山さんは悪くないよ。私が聖女としての役目をきちんと果たせないのが悪いの。篠山さんも帝国の聖女で大変なのに迷惑かけちゃってごめんなさい」

「迷惑だなんて思ってないよ」

むしろ、わたしは香月さんに傾きかけた王国を押し付けて逃げてしまった。だから罪悪感もある。

「私達、会うたびに謝ってばっかりだね」

「確かに」

香月さんと顔を見合わせ、笑ってしまった。

　このままだとわたしも香月さんもずっとお互いに謝り倒すことになりそうだと感じて、話題を変えることにする。

「そういえば香月さんは魔法が全然使えないって言ってたけど、魔法の何が分からないの？」

　わたしの問いに香月さんが「うーん」と首を傾げる。

「まず、『魔力』が分からないなあ。教えてくれる王国の魔法士さん達は『魔力を意識して、手に流して〜』とか『魔法を具現化させるには魔力で具体的な様子を思い浮かべて〜』とか言うけど、そもそも『魔力って何？』状態なの」

「あー……」

　それは多分、わたし達が魔法のない世界で生まれ育ったからだと思う。

　正直、わたしもライトノベルなどを読んでいなかったら、魔法を使うのにもっと苦戦したかもしれない。

　魔力というもの自体がわたし達にとっては未知のものなので、いきなり魔力を意識しろと言われても『そんなもの自分の中にあるの？』という疑念のほうが大きい。

　香月さんの手を握り直す。

「香月さん、魔力についてあれこれ考える必要はないよ。目を閉じて、自分の体と心臓をイメージしてみて」

「うん」

香月さんが目を閉じる。

「体には血管があって、血が流れてるよね？　それと一緒で、魔力も心臓から手足に行く感じ。……今から少しだけ魔力を流すね」

香月さんと繫がった両手に魔力をそっと流す。

そうしたら、香月さんが「あ」と声を上げた。

「なんだかあったかいものが流れてくるよ。でも、少しだけむず痒い気もするかも……？」

「それが魔力だよ。わたしはね、自分の体の中に道があって、そこを光の粒子みたいな魔力が通っていくイメージなんだけど、香月さんはどんな風に感じる？」

「えっと、冷たいものとか熱いものとかをそのまま吞み込んじゃった時に胃の辺りにあるのが分かる変な感じ……？」

そのたとえがあまりにも分かりやすくて、小さく噴き出してしまう。

「そっか。じゃあ、今はあったかいのが手にある感じかな？」

「多分……」

「そのあったかい感じに集中して。もう少し流すから、ゆっくり、それが心臓へ向かって近づいていくのをイメージしてみて。血が流れるみたいに」

香月さんが目を閉じたまま頷いたので、流す魔力の量をもう少し増やす。

わたしも目を閉じて、わたしから香月さんの体に流れる魔力をイメージする。

優しく、冷えてしまった手や体を温めるように、ゆっくりと魔力が香月さんの心臓辺りへ流れて

いく。

ややあって香月さんが目を開けた。

「なんだか安心する……」

気持ち良さそうな呟きだった。

「どう？　少しは魔力がどんなものか分かった？」

「なんとなく感覚でだけど……」

香月さんがジッと自分の手を見つめている。

「感覚があるうちに試してみよう。心臓から、今のあったかい感覚が腕を通って掌に出て、そこで小さな火になるのを想像してみるといいよ」

手を離せば、香月さんは掌を上へ向けて、目を閉じた。恐らく魔力の流れをイメージしているのだろう。

感覚に慣れないのか、なかなか魔法は現れない。

香月さんの焦りが感じられて、わたしは空いているほうの手を握った。

「ちょっと手伝うね」

わたしの手から魔力を流し、香月さんの腕を通って心臓の辺りに、そこから反対の手に向かって魔力を伸ばしていく。

「わたしの魔力は感じる？」

「うん、さっきよりハッキリ感じる」

「真似してみて。心臓から魔力が太い血管を通って、腕を抜けて、そこから掌に行くの。掌の真ん中から小さな塊の魔力が出て、そこに小さな火がつくよ」

香月さんの眉根が寄った。

わたしは焦らず魔力を流した。

そして香月さんが魔法の詠唱を行った。

『小さき炎よ、出でよ……！』

どこか懇願するような声と共に、ポッと可愛い音がして、香月さんの掌の上にライターくらいの火が灯った。

ハッとした様子で香月さんが目を開ける。

同時に火が揺らいだ。

「意識を集中して！」

「うん！」

消えかけたそれがまた元に戻る。

睨むように火を見つめる香月さんの様子を気にしながら、少しずつ、流す魔力の量を減らしていく。そして、ついにわたしの魔力は流れなくなった。

でも、香月さんの掌には小さな火があった。

「香月さん、魔法、出来たね」

わたしが手を離しても自分の掌に火が残っているのを見て、香月さんの顔が泣きそうに歪んだ。

香月さんは一度手を握って火を消したけれど、もう一度開いた掌にまた火を灯す。

……凄い、もう感覚を掴んでる。

香月さんがまたぽろぽろと泣き出してしまった。

「良かった、私、魔法、ちゃんと使える……っ」

火を出した右手を抱き締めるようにして泣く香月さんは少し震えていた。

今はまだ魔力の感覚をしっかり掴めていないかもしれないが、それでも魔法が使えたのだから、きっとこれから訓練すればもっと大きな魔法も使えるようになるはずだ。

「最初は危ないから少量の魔力で試していって、慣れたら少しずつ使う量を増やしていけば強い魔法も使えるようになると思うよ。聖障儀への魔力譲渡は、聖属性の魔力だけを流すことになるからちょっと難しいけど……」

香月さんが、先ほど渡したハンカチで涙を拭う。

「大丈夫。私もちゃんと魔法が使えるって分かったから、これから魔力操作の練習を沢山して、魔道具に魔力を注げるようになる」

そう言った香月さんは、今まで見た中で一番晴れやかな笑みを浮かべていた。

香月さんが王国の聖女として魔道具に魔力充塡が出来るようになる日は、そんなに遠くないだろう。わたしが手伝うのは短い期間で済みそうだ。

香月さんも魔法が使えなくて王国で居心地の悪い思いをしていただろうけど、これからは胸を張って堂々としてほしい。

きっと、わたしよりも聖女らしい聖女になるはずだ。

「さて、じゃあ聖障儀への魔力充塡もしちゃおうかな」

小さな魔法だが、香月さんにとっては大きな一歩である。

体の向きを変えたわたしを見て、ディザークも立とうとするので、それを手で制する。

「大丈夫、一瞬で終わるから」

「一瞬？　サヤ、まさか――……」

見上げてくるディザークにニッと笑い、中に聖障儀――魔物から街や村を守るために障壁を張る魔道具で、これに魔力を注ぐのも聖女の仕事の一つである――が収められているであろう箱達に手を翳した。

体の中心から掌へ魔力が流れ、掌を抜け出たそれが積み上げられた箱を包むイメージを浮かべる。

わたしの掌からキラキラと輝く魔力が出て、箱を包む。丁寧に布で包み込むイメージで魔力を動かせば、輝く魔力が箱全体にふわりと広がり、あっという間に中へと吸収されていった。大量だったからか、いくらか魔力が宙に残った。空中でキラキラと漂うそれを、掌から自分の体の中へと戻す。

「はい、充塡終わり！」

翳していた手を下ろして振り返れば、ディザークは頭が痛いという風に額に片手を当てており、ドゥニエ王国の使者と香月さんは目を丸くしていた。

目が合うと、ディザークがテーブルにあったお茶請けのクッキーを差し出してくる。

「少しは自重しろ」

と言われて、わたしは首を傾げてしまった。

「だって全部箱から出して充填してたら日が暮れちゃうし」

「……使者殿、聖障儀の確認を頼む」

ディザークが溜め息交じりに言えば、ドゥニエ王国の使者がハッと我に返った様子で返事をする。

「か、かしこまりました」

使者が一つずつ箱から聖障儀を出して確かめる。

聖障儀は、元の世界でたとえるなら地球儀などによく似ていて、球体部分に魔法が刻み込んであり、そこに魔力も溜められるようになっているらしい。使者が持っているものは本当に地球儀程度だが、帝都ではこれのもっと大きいもので障壁を張り、街を守護している。

この世界には魔法だけでなく、魔物という、動物だけど魔法が使える不思議な生き物も存在し、時に人の住む場所を襲うこともあるため、魔法の使えない人々を守る手段として聖障儀は必要なのだ。

「篠山さん、凄い……!!」

目を輝かせる香月さんにわたしは苦笑した。

「香月さんも慣れたら出来るようになるよ」

魔法が扱えない状態から、すぐにコツを摑んで弱いながらも魔法を扱えるようになったのだ。

わたしの言葉に香月さんが僅かに眉尻を下げた。

「私も出来るようになるかな……」

「うん、出来る。だってさっきもすぐに魔法のコツを摑めてたし、香月さんは魔力もあって五属性の適性があるんだから、わたしとほぼ変わらないわけだし、出来ない理由がないよ」

香月さんに近づき、その肩に手を添える。

「何より、召喚されたってことは、魔力充塡は絶対出来るようになるってことだよ。出来なかったら選ばれないと思う」

「……そうだよね。うん、私は出来る！」

グッと拳を握ってやる気を出す香月さんは可愛い。

「わたしも、これから魔法指導をビシバシやっていくからよろしくね、香月さん」

「うん、よろしくお願いします、篠山さん」

差し出したわたしの手を香月さんがしっかりと握り返す。

そうしているとディザークに声をかけられた。

「サヤ、話も大事だがもっと食べろ」

「あ、うん、そうだね」

ディザークが自分の横の座面を叩くのでソファーへ戻り、差し出されたお菓子を食べる。香月さんが不思議そうな顔をした。

……もしかして香月さん、知らないのかな？

「魔力は体力みたいなもので、使えば使うほど疲れるんだよ。だから魔力を使ったら食事でエネルギー補給をしないと、痩せちゃうし、体調も崩れるし、最悪死ぬこともあるんだって」

「えっ、そうなんだ……ちょっと怖いね……」

「そう？　魔法が使えるようになるってことは、沢山食べても太らないってことだよ、香月さん」

「魔法って女の子の味方なんだね……！」

怖いと言いながらも『太らない』と聞いて香月さんの表情が真剣なものになる。食べても太らないなんて、まさに魔法なのだ。

ディザークはこの会話がピンとこないのか不思議そうな顔でわたし達を見ていた。

「あと、篠山さんと皇弟殿下を見てちょっとビックリしちゃった」

と香月さんが言うのでわたしは首を傾げた。

「その、二人の距離が前に見た時よりずっと近くて、親しそうだったから……」

「ああ、うん、婚約者だけど恋人でもあるから」

「えっ」

香月さんが口元に手を当てて驚いた様子でわたし達を見る。

その様子につい、わたしは笑ってしまった。

応接室に入った時に驚いていたのは、それが理由だったらしい。

「……どの聖障儀も十分、魔力充填が出来ています」

聖障儀の確認を終えた使者の感心した声に振り向き、わたしはちょっと胸を張った。

「よし、わたしの今日のお仕事は終わりだね」

「いきなり行う者がいるか。もし途中で魔力が足りなくなったらどうするつもりだ」

「いやいや、帝都の聖障儀に比べたらこのくらい余裕だよ」

帝都の聖障儀は本当にとても大きく、かなり魔力を注ぐ必要があるので、それに比べたらこれらに魔力充填をするのは凄く楽だった。

ディザークも思うところがあるのか黙る。

「わたしは香月さんと話したいことがあるから、後はよろしく」

とディザークの肩を叩けば、小さく溜め息を吐かれた。

「分かった」

その後、ディザークとドゥニエ王国の使者との間で話し合いがあり、ドゥニエ王国の聖障儀への魔力充塡は半月に一度行うこととなった。

今は急いで補充したいものが多いのでそのペースだが、落ち着いたら一月に一度になるだろうし、香月さんが魔力充塡を行えるようになればわたしはもうやらなくて済む。

「次までにもっと魔法が使えるように練習するね！」

来た時よりも明るい表情で香月さんは帰っていった。

ドゥニエ王国の使者は終始低姿勢で、言い方は悪いかもしれないがあの国にもこのような人がいたのだなと感心してしまった。

転移門で使者と香月さんが帰るのを、ディザークと一緒に見送った。

振っていた手を下ろし、うーん、と伸びをする。

「わたしももっと魔法の訓練しないとなあ」

「サヤならば大抵の魔法はもう扱えると思うが……」

「自分で使うのと、人に教えるのってなんか違うでしょ？」

ジッとディザークに見下ろされる。

頬に手が触れて、目元を親指でなぞられた。

「少し疲れた顔をしている。今日はもう休め。のんびりぐうたらして過ごしたいんだろう？」

「そうだったっけ。でも、みんな真面目に頑張ってるから、わたしも頑張らなきゃって感じになるんだよね」

「休める時に休むのも仕事のうちだ」

「じゃあ今日はもう休んじゃおうかなあ」

ディザークの気遣いが嬉しい。

頬に触れている手に自分の手を重ねて、頬をすり寄せる。

「先に離宮に帰って待ってるね」

微笑んだディザークがもう片方の手でわたしの頭を撫でる。

「ああ、遅くならないうちに帰る」

ディザークと一緒に夕食を摂るのが毎日の楽しみだった。

＊　＊　＊　＊　＊

「どう？　おかしなところはない？」

ディザークの前で一周回ると頷き返された。

「ああ、大丈夫だ」

今日より聖女の奉仕活動が始まる。聖障儀に魔力を注ぐ以外の仕事というと、基本的には神殿の炊き出しを手伝ったり、治療院に来た人に治癒魔法をかけたり、といったことのようだ。

治療院は神殿に併設されており、聖属性魔法を使える治療士が常駐しているのだとか。治療院に来た人は寄付金という名目で一定額の治療費を払い、それが神殿や治療院、孤児院の運営に使用される。

わたしが今日行うのは、まさにその炊き出しと治療院での奉仕活動。

聖女用の白い衣装に身を包んで向かう。

……この衣装、ちょっと動きにくいんだけどなあ。

「ヴェインや護衛の騎士達から離れるなよ。少しでも体調が悪くなったら必ず周りの者に伝えるように。気を付けて行け」

「はぁい」

心配性のディザークに返事をする。

壁に寄りかかっていたヴェイン様も呆れ顔だ。

「我がいるのだ。危険はない」

「そうそう、ヴェイン様より強い人なんていないでしょ」

そもそも移動は馬車だし、護衛の騎士も複数人つくし、聖竜のヴェイン様も常にそばにいるのでそんなに心配する必要はないと思うのだが、ディザークからしたら不安らしい。小さな袋を手渡される。

「何これ？」

「中に菓子が入っている。治療院で魔法を使えば空腹になるだろう。時間のある時に食べておけ」

「わたしより準備いいね。ありがとう、こっそり食べる」

まだ心配そうなディザークに軽く抱き着き、それから、ヴェイン様や騎士達と共に離宮を後にした。

本当はディザークもついて来たかったらしいが、仕事が忙しくて予定が合わせられなかったようだ。

皇弟も行くとなれば警備も手厚くしないといけなくなるから大事になっただろう。

それに顰《しか》め面のディザークがずっと横にいたら、炊き出しでも治療院でも人が近寄らなくなりそうと思ったが、そのことについては黙っておいた。

馬車に揺られて城下町に出ると、ヴェイン様が目を丸くして車窓を眺める。

「随分と街も変わったな。少し前まではこれほど建物も密集していなかったし、地面に石も敷かれていなかった。人間の数もかなり増えたようだ」

「ヴェイン様が最後に街を見たのっていつの話ですか？」

「はて、いつだったか。少なくとも三百年は前だな」

「それじゃあ街の景色は全く違いますよ……」

そんなに長く霊廟にいたことに驚いた。

ドラゴンがどれほど長生きするかは知らないが、最低でも三百年以上生きているのに人の姿で二十代くらいなのを考えると、もしかしたら寿命というものがないのかもしれない。

騎士達に護衛をしてもらいながら神殿へ到着する。

神殿の前には既にマルグリット様がいた。

「おはようございます、サヤ様」

「おはようございます、マルグリット様」

マルグリット・ドレーゼ伯爵夫人はこのワイエル帝国の聖女である。年齢は七十前後だが、伸びた背筋と美しい顔立ちをした女性で、いうなればわたしの先輩になる。

「本日はよろしくお願いいたします」

わたしの聖女としての初仕事だ。

マルグリット様が優しく微笑んでくれると少しホッとする。

「そう緊張なさらずとも大丈夫ですわ。本日はサヤ様に炊き出しのお食事を配るお手伝いと治療院での治癒活動をしていただきますが、私《わたくし》も共におりますので。さあ、こちらへどうぞ」

とマルグリット様に促されて神殿の中へと入る。

祈りの間を抜けて、廊下を抜けて、中庭も抜けると、神殿の裏へ出た。外に出したテーブルの上には大きな鍋や積み上げた丸パンがあり、神殿の人々が忙しそうに動き回っている。

「サヤ様は私と一緒に、お食事をもらいに来た方へパンをお配りしましょう。こちらに立ってくださいませ」

促されるまま、他の人達の邪魔にならないようにテーブルの端に移動すれば、神殿の人達がこちらを向いた。

マルグリット様が胸の前で手を組み、会釈をしたので、わたしもそれに倣って会釈をした。神殿の人達も同様に会釈を返してくれた。その表情は明るかった。

聖女のわたしが来たからというより、マルグリット様に会えて嬉しいという雰囲気が感じられた。やはり、聖女として長く活動してきたマルグリット様は多くの人達から慕われているのだろう。

……わたしも、そんな風になれるのかな。

いつか、マルグリット様が聖女を引退した時、わたしがこの帝国の新たな聖女としてマルグリット様の仕事を引き継ぐことになるが、実際出来るか不安だった。

準備が整う頃になると、人々が集まってくる。

足を引きずっている老人、まだ小さな子供と母親、事故か何かで片腕を失った人。大勢集まったが、その誰もが擦り切れたボロボロの服を着ていた。

きちんと並び、神殿の人達が作ったスープにチーズ、そしてパンをもらっていく。スープを入れる器は持参したものらしい。

マルグリット様が来た人にパンを渡す。

「どうぞ。今日のパンは少し固めに焼いてあるのでゆっくり食べてくださいね」

片足を引きずった老人が恭しくパンを受け取った。

「ありがとうございます、聖女様……」

「いいえ、こちらこそ来ていただいてありがとうございます。その足でここまで来られるのは大変だったでしょう？　痛い時は治療院にいらしてくださいね」

「はい、そうします」

次に、小さな女の子と母親らしき女性が並んでいた。

マルグリット様に目で促されて、女の子にパンを差し出した。母親はスープで手が塞がっていたからだ。

「はい、どうぞ。大きいから気を付けて持ってね」

女の子がパンを受け取り、ニッコリと笑った。

「ありがとう、おねえちゃん！」

「こら、聖女様とお呼びしないと失礼でしょう」

女の子に母親が注意するけれど、わたしは笑って返した。

「お姉ちゃんでいいですよ。聖女といっても、わたしはまだなったばかりで分からないことも沢山ありますし、そのほうが皆さんとの距離も近くて話しやすいですから」

屈《かが》んで女の子と目線を合わせる。

「お母さんのお手伝いをして偉いね」

「おかあさん、いつもがんばってるから、わたしもがんばるの！　そうしたらおかあさんもやすめるから！」

「そっか、お母さんが大好きなんだね」

「うん、おかあさんだいすき！」

ニコニコと嬉しそうにパンを抱える女の子に、母親が優しく微笑み、会釈をして離れていく。女の子が手を振るのでわたしも振り返した。

そうやって、炊き出しに来た人々へパンを配っていく。

中には無言で奪い取るように持っていく人もいたけれど、ボロ切れのような格好からして金銭的にも精神的にも余裕がないのだと思うと、苛立つことはなかった。

他の国より進んでいるという帝国でも、貧困問題はなくならないのだ。

二時間ほどかけてパンを配り終える。

パンは全てなくなったが、スープは残っているらしい。

昼食の時間には少し早いけれど、その残ったスープを神殿の中へ戻し、神殿内の食堂で炊き出しを行った人達と一緒にスープの残りとパンをもらって食べる。

「皆様と同じものを食べることで『食事』への感謝を忘れないようにするのです。私《わたくし》達は恵まれています。決して、その幸せが当たり前だと思ってはいけません」

出された半分の丸パンを、マルグリット様と更に半分、四分の一ずつにして食べる。

パンは固めに焼かれていてパサパサしていたけれど、小麦の味が濃い。そのまま食べるのは大変だからか、みんな、スープに浸して軟らかくして食べていた。わたしもそうして食べる。

スープは野菜が入っていたけれど、塩で味付けしただけの質素なものだった。

早めの昼食を摂った後は治療院へ向かう。

昼の休憩時間に治療院に来る人が多いので、こうして早めに昼食を済ませておく必要があるのだとか。

神殿に併設された治療院は、病院みたいだった。

白を基調とした建物で、入ってすぐに待合室のような広い空間があり、小部屋がいくつかあって、その小部屋で治療を行うそうだ。

「私《わたくし》もついておりますが、サヤ様のほうが魔力が多いのできっと問題なく治療も行えますわ」

マルグリット様と治療院の治療士さんがついてくれる。

もしわたしが上手く治療できなくても、二人が手助けしてくれると思うと少し心が軽くなる。

そうして正午を告げる鐘の音が鳴った。

ややあって小部屋の外が騒がしくなる。

緊張しているとヴェイン様がわたしの肩に手を置いた。

「大丈夫だ、サヤなら出来る」

たった一言だけど、それが心強い。

患者が部屋に通される。中年の少し恰幅の良い女性だ。

室内に聖女が二人もいることに驚いた様子で一瞬立ち止まったので、わたしは努めて笑みを浮かべた。

「こちらへどうぞ、おかけください」

とマルグリット様に声をかけられて女性が椅子に座る。

「もしかして、この間、新たに聖女様になられた方ですか？」

女性の質問にわたしは頷いた。

「はい、サヤといいます。これからよろしくお願いします」

「あ、こ、こちらこそよろしくお願いいたします……！　新たな聖女様がこんなにお若い方とは思っておりませんでしたので、驚いてしまいました……」

少し緊張した様子の女性を見ていると、わたしの緊張が和らいでいく。お互い初めてだから緊張して当然なのだ。

「こう見えて、サヤ様は私《わたくし》より優秀な聖女ですわ。本日はどこかお怪我を？」

「ああ、いえ、いつもの腰痛なんですがね、今朝、重い物を持った時にグキッとやってしまって。痛くて痛くて……」

そういえば入室する際、少し前傾姿勢だった。

女性がしんどそうに腰をさする。

わたしは椅子から立ち上がって女性に近寄った。

「触れてもよろしいですか？」

と訊けば女性が頷いた。そっと腰に触れる。

『この者の怪我を癒したまえ』

詠唱なんてなくても魔法は使えるけれど、それは一般的ではないので人前で魔法を使う時は詠唱を行うことにしている。

かなり腰の具合が悪いのか、魔法の発動と共に魔力が消費されていく。怪我が酷いと魔力の消費も多くなる。

数秒、手元で柔らかな光が輝き、そして消える。

「終わりました。腰の調子はいかがですか？」

腰から手を離して訊ねると女性が立ち上がった。

「あら？　えっ、まあっ！　腰の痛みが消えたわ！　こんなに腰が軽くて調子がいいのはいつぶりかしら！」

嬉しそうに女性が腰を動かして笑みを浮かべる。

「大丈夫そうで良かったです」

「大丈夫も何も、まるで元の腰痛まで治ったみたいだわ！」

女性にギュッと手を握られた。

「ありがとうございます、聖女様！」

その心から嬉しそうな様子に胸が温かくなる。

……わたしもちゃんと役に立てる。

「またどこか痛むところがありましたら、来てくださいね」

「ええ、そうさせていただきます！」

女性はまっすぐに背筋の伸びた綺麗な姿勢と笑顔で出て行った。

次に入って来たのは若い男性だった。

「仕事で腕を怪我しちまって……」

と包帯の巻かれた腕を差し出した。

腕の包帯には血が滲んでいて、恐らく何かで切ってしまったのだろう。包帯を外させたら傷口が開くかもしれない。

「では、治療をしますね」

わたしが声をかけると微妙な顔をされた。

「え、アンタがするのか？」

男性の視線がマルグリット様に向く。多分、いきなり出てきた新人聖女よりも、長く聖女としての実績を持つマルグリット様のほうが安心して治療を任せられると感じたのだろう。

「もしわたしで治せない場合はマルグリット様が治療してくださいます」

「大丈夫ですよ。サヤ様は私《わたくし》より優秀な方です」

マルグリット様の言葉に男性は仕方ないといった様子でわたしへ顔を戻したが、本当に治せるのか疑念を抱いているのが伝わってくる。

……まあ、病院でも長年診てくれた先生じゃなく、新米の先生が出てきたら不安になるしなあ。治療院だって似たようなものだろう。

「改めまして、治療をさせていただきますね」

男性の腕に手を翳し、詠唱を行い、治癒魔法をかける。

光が男性の腕を包み込み、魔力が消費されて光が収まる。

「……はい、終わりました。包帯を外してみてください」

男性が腕に巻きつけた包帯を外し、「おお！」と声を上げて腕を撫でる。

「驚いた！　結構大きな傷だったのに跡もない！」

「中まできちんと治癒できたと思いますが、動かしてみて、痛いところはありませんか？」

「……ないな！　前に一度折っちまって曲がりにくかった肘まで、いつもよりよく曲がる気がするぜ！」

「それは良かったです」

男性が明るい笑顔でわたしを見る。

「疑って悪かったな、聖女様！」

「いいえ、初めて会う相手に治療してもらうのは不安ですよね。治療を任せてくださり、ありがとうございます」

「いやいや、俺のほうこそ疑って悪かった。治してくれてありがとうな！　これで午後の仕事も問題なく出来そうだ！」

男性が怪我をしていた腕をもう一度見て、嬉しそうに出て行く。その様子を見ると治せて良かったなと思う。

しばらくの間、そうやって患者を治療していく。

一人一人にかかる時間が短い分、数をこなし、そうしていくうちに患者と接することにも段々と慣れていく。

中にはあまり態度の良くない人もいた。

「金を払ったんだ、さっさと治せ！　午後の仕事に間に合わなかったらどうしてくれる!!」

なんて人もいたけれど、ヴェイン様が「不満ならば出て行くか？」とひと睨みすると途端に静かになったので問題は何もなかった。

……うん、美形の不機嫌顔って結構怖いよね。

しかもヴェイン様は長身なので、座っている状態で上から睨まれるとかなり圧を感じるだろう。

男性は治療を終えるとそそくさと逃げるように出て行った。

「申し訳ありません。聖女様にあのような態度……」

わたしについてくれている治療士さんが眉尻を下げ、申し訳なさそうな顔をするので、わたしは笑って首を振った。

「いえ、世の中には色々な人がいますから。ヴェイン様のおかげで治療は静かに出来ましたし、ああいう人の言葉は聞き流していますので」

「きっとサヤ様がお若いから、強く出れば寄付金も安く出来るのではと思ったのかもしれませんわね。これでもいただく寄付金はかなり安くしているのですけれど……」

困った、という表情でマルグリット様が頬に手を当てる。

「もし暴れるようなことがあれば、ヴェイン様が治療院の外へ放り出してくれますよ」

「うむ、そういった荒事は任せよ。我ならば人間の一人や二人、簡単に摘《つま》み出せるからな」

ヴェイン様の言葉にマルグリット様と治療士さんが朗らかに笑う。冗談と思われたらしい。ドラゴンのヴェイン様なら、本当に人間の一人二人、軽く持ち上げられるのだろうけど。

場の雰囲気が和らぎ、次の患者をとなった時、外から叫び声が聞こえてきた。

「誰かっ、誰か娘を助けてください!!」

男性の声だった。緊迫した様子に思わず立ち上がる。

部屋の扉を開けて、待合室を見れば、中年男性が立っていた。その腕の中には子供が抱えられている。

周囲の部屋からも治療士が出て来て、男性に声をかけた。

「娘が二階の窓から落ちたんです！　頭から血が止まらなくて……!!」

その言葉にハッとする。頭を打っているのは危険だ。

「待ってください！　子供を揺らさないで！」

混乱した男性は子供を抱き締めたまま落ち着かない様子でうろうろしており、わたしが叫ぶとこちらに視線が集まった。

わたしは急いで男性の下《もと》へ駆け寄る。

腕の中の子供を見れば、血の気が引いて顔色も悪い。

頭に巻かれた布はほとんど血で染まっていた。

「せ、聖女様……？」

男性がわたしと、わたしの後ろを見て目を瞬かせた。

二人の聖女に戸惑っているのだろうが、今はそれを気にしている余裕はない。

「治癒魔法を使います！　出来るだけ動かさないで！」

詠唱を行い、治癒魔法を発動させる。

手を翳せば女の子の体が光に包まれた。想像以上に魔力の消費が激しくて、一瞬、足の力が抜けそうになるのを踏ん張って耐える。

……こんな小さな子を死なせたくない……!!

まだ三、四歳くらいの小さな女の子だ。

可愛い盛りの子を失えば家族は悲しみに包まれるだろう。

わたしも、こんな小さな子が死ぬ姿を見たくない。

よほど酷い怪我なのか光はなかなか収まらず、その間も、ずっと魔力が消費されていく。今までで一番キツい。聖障儀に魔力を注ぎ込むよりも魔力の消費量が多い。

人を治療するにはそれほどの対価が必要なのか。

……それでも諦めたくない!!

とにかく魔力を消費して治癒魔法をかけ続ける。

魔法を訓練していく中で知ったが、治癒魔法をかければ一瞬で傷が治るわけではない。傷が深ければ、治すのにそれだけ時間がかかるし、治癒魔法を継続して使えばその分魔力も消費される。

だから、大怪我を負った人間を治すにはかなりの魔力が必要となるのだ。

ぐったりしている女の子の手がピクリと動く。

「頑張れ、頑張れ……!!」

それはわたし自身に向けたものか、女の子に向けたものか、自分でも分からなかった。

助かってほしい。死なないでほしい。ただ、それだけだった。

治癒魔法をかけている時間がとても長く感じられたが、やがて光が収まり、魔力の消費が止まる。

女の子は顔色がまだあまり良くないけれど、目を開けた。

柔らかな茶色の瞳と目が合った。

「……だぁれ?」

女の子の可愛らしい声が響き、そして、ワッと歓声が上がった。

周囲で固唾を呑んで見ていた人々の声だ。

女の子を抱えた男性が泣いている。

「ありがとうございます、ありがとうございます……っ」

掠れたその声にわたしは微笑んだ。

「怪我は治りましたが、減った血はすぐには戻りません。よく食べて、よく寝れば元気になります。帰ったら娘さんを休ませてあげてくださいね」

「はい……!!」

頭を下げる男性にわたしも会釈をして、小部屋に戻る。

扉を閉めた瞬間、足から力が抜けていく。

遠くでわたしの名前を呼ぶ声がしたけれど、返事は出来なかった。

＊　＊　＊　＊　＊

「……ん……？」

ふっと意識が浮上した。よく寝た気がする。

なんで寝ていたんだっけ、と思ったところで見慣れた顔が覗き込んできた。

「大丈夫か？」

「え、ディザーク⁉」

起きようとすれば肩を押さえて止められる。

「いきなり動くな。魔力を一気に使いすぎて倒れたんだ」

「あ……」

そこでようやく、女の子の治療をしたことを思い出した。

ここは奉仕活動で使っていた部屋で、そこにあった簡素なベッドにわたしは横になっていた。

そばにはヴェイン様もいて、何故かわたしの手を握っている。

「気持ち悪かったり、だるかったりしていないか？　ヴェインが倒れたサヤに魔力譲渡をしてくれなければ、どうなっていたか……」

ディザークの深刻そうな声からして、本当にわたしは危なかったのかもしれない。魔法を使うにはエネルギーが要る。そのエネルギーを使いすぎれば、死ぬ可能性だってあるだろう。

「……ごめんなさい」

「分かっている。子供を助けたかったんだろう？」

「うん、小さな女の子で、死ぬ姿を見たくなかった……」

死にそうな人を見たのは初めてだった。

自分が助けられるならば、誰だって助けようとするだろう。

ディザークの手がわたしの頭に触れ、撫でる。

「だが、お前は聖女だ。この国に必要な、重要な人間だ。俺にとっても失いたくない存在だ。だから、頼むから無理はしないでくれ」

その言葉に、即座に『分かった』とは言えなかった。

もし同じ状況になれば、わたしはやっぱり同じ選択をすると思うし、助かるかもしれない命を見捨てて罪悪感に苛《さいな》まれるのは絶対に嫌だ。

思わず押し黙ったわたしにディザークが溜め息を吐く。

「出来るだけ、無理はしないようにします」

「……ああ、そうしてくれ」

話が落ち着いたところでヴェイン様が言う。

「もうだいぶ魔力が戻ってきたはずだが、どうだ？」

ゆっくり起き上がってみたが、気分の悪さはない。少し気だるく感じるが、それは魔力をギリギリまで失ったせいで、体が一生懸命、魔力を生成しているかららしい。

ディザークが部屋の外に声をかけると、マルグリット様と治療士さんが入って来て、起き上がっているわたしを見て胸を撫で下ろした。

「すみません、ご迷惑をおかけしました」

「いいえ、迷惑なんて……。もし私《わたくし》が先に出ていたとしても、同じことをしたでしょう。ですが、サヤ様でなければあの子は助けられなかったと思います」

「あの子は少し休んでから、父親と家に帰りましたよ。血を失って少し顔色は悪かったけれど、元気そうでした」

マルグリット様と治療士さんの言葉に、良かった、と思う。

「ところでディザーク、今日は忙しかったんじゃないの？」

と訊けば、ディザークに呆れた顔をされた。

「お前が倒れたと聞いて仕事などしていられるか」

わたしが倒れてから連絡を受けて、慌てて来たらしい。

よく見れば、上着もなく、ちょっとラフな格好だった。

ちなみにわたしが倒れてから二時間経っている。今日の治療院の仕事はもう終わりだそうで、出入り口は閉じてあるのだとか。

「……初日に倒れるなんて、ダメな聖女ですよね……」

せっかく聖女の仕事を始めたのに、初日から倒れるようでは周りから『聖女としてやっていけるのか』と疑われてしまうだろう。

肩を落とすわたしにマルグリット様が教えてくれた。

「そう気を落とさないでくださいい、サヤ様。むしろ、サヤ様が女の子を救おうと努力していた姿に皆が感銘を受けておりました。聖女としての資質を疑う者などおりませんよ」

「しかし、無理をすればいいということでもないでしょう」

「そうですね、今回は叱るべきなのか、褒めるべきなのか私《わたくし》も頭を悩ませました。けれども、我が子を抱いて帰る父親の幸せそうな表情を見て、サヤ様の行動は間違いではないとも思いましたわ」

マルグリット様とディザークの何とも言えない視線を受けて、居心地が悪い。

「う、すみませんでした……」

その後、体調には問題がなかったのでお城に帰ることとなった。

翌日、皇帝陛下に呼び出されてお叱りを受けた。

ディザークとは系統が違うとはいえ美形なのには変わりなく、そんな整った顔の皇帝陛下の厳しい表情は結構怖かった。

「サヤ嬢、こういうことが続くようでは聖女としての活動も今後は見直さなければならない。君を失うことは我が国にとっては大きな損失だからね」

一応、聖女の仕事は続けることになったものの、もしまた似たようなことがあった場合は神殿での奉仕活動には参加させないと言われ、さすがにわたしも反省した。

……ディザークにも悪いことしちゃったなあ。

ディザークは帰って来てからその件については何も触れなかったけれど、翌日、魔法の訓練をしたいと言ったら眉間のしわが三割増しくらい深くなったので諦めた。

「次は俺も予定を合わせて行く」

次の奉仕活動はディザーク同伴になりそうだ。

これに関しては全面的にわたしが悪いので素直に頷いた。

＊＊＊＊＊

聖女であることが公となってから一ヶ月。

今日はドゥニエ王国より、わたしが魔力充塡を行う聖障儀が帝国へ持ち込まれる日であった。

同時に、半月ぶりに香月さんが来る日でもある。

城の応接室でディザークと共に待っていると、部屋の扉が叩かれ、騎士が確認をする。

ややあって、開けられた扉からドゥニエ王国の使者と香月さん、王国の騎士達が入って来た。ディザークが使者の応対をしている横で、わたしも香月さんに歩み寄った。

「この間ぶりだね、香月さん」

半月前にも会っているし、ヴェイン様の水鏡でも頻繁に話しているので、久しぶりと言うほどではないだろう。

香月さんも笑いながら頷いた。

「よく顔を合わせてるからあんまり離れてる感じがしないけど、やっぱりこうして直《じか》に会えるとホッとするね」

「確かに。神殿での暮らしはもう慣れた？」

「うん、朝早く起きて夜も早く寝るから凄く健康的だし、奉仕活動では色々な人と会えるから楽しいよ」

そう言った香月さんの表情はとても明るかった。

ここ一ヶ月の間に香月さんは王族達に自分の気持ちを伝え、わたしと会った半月前に王城を出たらしい。

最初の頃のわたしに対する扱い、その後のわたしへの態度、王太子の行いなどから、ドゥニエ王国の王族はやはり信用できないと感じたそうだ。

王太子は香月さんを側妃とすることを諦めたみたいだが、王国の他の人々もそうとは限らないし、わたしの時のように急に襲われたらという不安もあってハッキリとそれを伝えたのだとか。

それをまっすぐに告げられる香月さんが凄い。

そのことにドゥニエ王国の王太子は反対しなかったようだ。

それどころか率先して神殿と連絡を取り、香月さんが望む通り、王城から神殿に香月さんの拠点を移してくれたそうだ。

王城での暮らしに比べると、神殿での暮らしはずっと質素で規則正しいらしい。

「毎日の奉仕活動は大変じゃない？　大丈夫？」

「むしろ神殿のほうがいいの。豪華なドレスよりも聖女の装いのほうが楽だし、食事もシンプルで食べやすいし、気持ち的にもずっと穏やかでいられるかなあ」

香月さんにとって、神殿入りしたのはとても良かったようだ。

王城に引き留める声も多かったけれど、そこは王太子が『聖女であるユウナの意思を尊重すべきだ』と苦しい立場の中でも何とか押し退けてくれたらしい。

それから香月さんは貴族の教育を受けるのもやめた。

常識や礼儀作法は学んでいるけれど、社交界での人間関係や政《まつりごと》に関する勉強はわざわざしなくても聖女としては問題ないと分かって、その分の時間を、魔法の訓練に充てている。

「篠山さんのおかげで魔力の感覚が分かったから、初級魔法はちょっと出来るようになったよ」

ちなみに香月さんは闇属性だけ適性がないそうだ。

宮廷魔法士から学ぶより、神殿にいる神官から学んだほうが香月さんには分かりやすかったのだとか。

でも、まだ聖属性の魔力だけを分離するのは無理で、聖障儀への魔力充填は出来ていない。そうだとしても魔法の上達は重要だと思う。魔力操作に慣れてくれれば、香月さんもいずれは魔力充填が出来るようになるだろう。今は毎日一歩ずつ進んでいる感じだ。

「治癒魔法はまだあんまり使えないんだけど、神官様達について慈善活動にも参加してるの。勉強になるよ」

王城にいるより毎日忙しいけれど、神殿での生活は彼女の性に合っているようだ。

生き生きとしているし、かなり楽しそうだった。

話しているとマルグリット様が近づいてきたので、わたしは少しそちらを向いて、マルグリット様を迎え入れた。

「こちらは帝国の現聖女、マルグリット・ドレーゼ伯爵夫人。マルグリット様、こちらが王国の聖女となる香月優菜さんです」

紹介するとマルグリット様が礼を執った。

「初めまして、マルグリット・ドレーゼと申します。どうぞ、マルグリットとお呼びください」

「こちらこそ初めまして、香月優菜といいます。香月が家名で、優菜が名前です。私のことも優菜と呼んでください。今日はよろしくお願いします」

わたしが香月さんに魔法や魔力充塡について教えるという話になった時、マルグリット様も是非それに参加したいと手を挙げてくれたのだ。

その申し出に香月さんも喜んだ。

マルグリット様という現役の、それも長く聖女として活動してきた人から直に教えを受ける機会が得られるのは、わたしにとっても香月さんにとっても、非常に嬉しいことだ。

「では、まずはサヤ様に王国の聖障儀の魔力充塡をしていただきましょう」

マルグリット様の言葉にわたしは頷いた。

王国側が運び入れた、聖障儀の収められた箱の山に近づく。

騎士はどうやら二種類いるらしく、ドゥニエ王国の王城でよく見た騎士と、それとは別に青服に白い鎧を着た騎士が聖障儀の周りに控えていた。聞けば神殿に仕える聖騎士らしい。香月さんが神殿に移ってからは香月さんの警備を担当してくれているのだとか。

わたしが近づくと聖騎士達は胸の前に両腕を上げ、左手の拳を握り、その拳を右手で包むような独特な格好で頭を下げた。

「聖障儀はこちらで全てでしょうか？」

わたしが問うと、聖騎士の一人が頷いた。

「はい、今回帝国の聖女様に魔力充塡を行っていただく聖障儀はこちらで全てでございます。……どうか、よろしくお願いいたします」

その騎士が頭を下げると他の騎士達も同様に頭を下げる。

王国の騎士達も黙って礼を執った。

魔道具の数は恐らく三十あるかないかだ。大きいものも小さいものもあるようだけれど、これなら、一度に魔力充塡を行っても大丈夫だろう。

「すぐに箱からお出しします」

と言った騎士にわたしは首を振った。

「いえ、このままで問題ありません」

まずは目を閉じて意識を体に集中させる。

胸元に手を置き、心臓の辺りにある魔力の存在を感じ取り、聖属性の魔力だけを取り出すと、それが伸ばした両腕を通って掌へ流れていく様子をイメージする。

それから目を開けて、掌から外へ流れ出た魔力が、聖障儀が収められた箱の山を包み込むイメージを思い描く。包んだ魔力が魔道具に染み込んでいくのが分かる。

……前回もそうだけど、本当に空っぽだったんだなあ。

まるで乾いた土に水が染み込むかのように、流した魔力はどんどん吸収されていく。やがて魔力が吸収されなくなるまで注ぎ続けると、箱の山の周りに魔力が溜まっていたので、それを体の中へと引き戻す。

腕を通り、魔力が心臓へと収束したところで手を下ろす。

「終わりました」

わたしの言葉に騎士達が驚いた顔をする。

「前回も思ったけど、篠山さんの魔力充塡って凄いよね」

「一つずつだと面倒だからね」

「私もいつか出来るようになりたいなあ」

香月さんの純粋な言葉にマルグリット様が微笑んだ。

「ユウナ様は見たところ魔力量もかなりあるようですので、魔力充塡に慣れれば、数個同時に注ぎ入れるのも夢ではないと思いますよ」

「それを目標にこれからも頑張ります！」

マルグリット様の言葉に香月さんがやる気を見せる。

その様子に先ほどわたしと会話をした騎士が、少し目元を緩ませていた。

話を終えたらしいディザークが歩み寄ってくる。

「体調は問題ないか？」

「うん、平気。ありがとう」

差し出された手にはお皿がある。

その上には美味しそうなチョコレートが並んでいた。

ありがたくそのお皿を受け取った。

王国の使者達が魔道具の箱を開けて中身に魔力が充塡されているか確認しているのを横目に見つつ、チョコレートを食べる。

途中で一つをディザークへ差し出せば、ディザークが顔を近づけてわたしの手からそれを食べる。

「このチョコ美味しいね」

「気に入ったなら、また用意しよう」

「せっかくなら一緒にそれでお茶しようよ」

ディザークが「ああ」と頷いた。忙しい人だけれど、わたしとの時間を作ってくれるし、何かと気にかけてくれるので嬉しい。

チョコレートを食べ切るとディザークが皿を引き取ってくれて、手を拭いてから、香月さんに向き直る。

香月さんは何故か口元に両手を当てて、キラキラした眼差しでこちらを見ていた。その横には穏やかに微笑むマルグリット様がいる。

「お待たせ。香月さんの魔法の訓練しよっか」

香月さんがわたしとディザークを交互に見て「いいの？」と訊いてくる。

何のことかと首を傾げれば、香月さんは小さく首を振って「ううん、何でもない」と言った。少し残念そうな顔だった。

それからディザークはまた使者と話し始めたので、聖障儀については任せ、香月さんとマルグリット様と三人でソファーに座る。

テーブルには魔法の適性検査に使う水晶が置かれている。

今日はこれで香月さんの適性検査が出来るようにするのが目標だ。

本来適性検査は水晶に魔力を注ぐ必要があるため、最低でも魔力譲渡が出来ないといけない。けれど香月さんはそれが出来ないため、魔法の適性検査は別の方法でドゥニエ王国の宮廷魔法士にしてもらったらしい。

ちなみに魔力譲渡とは、持っている物や触れている相手に魔力を流すことで、魔力充填とやっていることは同じである。人や物に魔力を渡す場合は譲渡、魔道具に注ぐ場合は充填というだけだ。

香月さんは魔力を魔法に変換することは出来ても、体の外に魔力そのものを出すことは出来ないのだとか。わたしとしては魔法が使えるなら同じだと思うのだけれど、香月さんにとっては全く別物らしい。

「魔法はイメージすれば使えるけど、魔力譲渡をしようとすると、こう、掌で阻まれるっていうか、手の内側で散っちゃうっていうか、体の外に出すのが上手く出来ないの。体の中にあるものが外に出るって怖くない？」

とのことだった。

わたしは魔力をわりとふんわりしたイメージで捉えているのだけれど、もしかしたら香月さんはもっと違う感覚で捉えているのかもしれない。

「ユウナ様、水晶をお持ちください」

マルグリット様に促されて香月さんが水晶に触れる。

「そのまま膝の上に載せてみたらどう？　触れている部分が多いほうが、魔力を流しやすいと思う」

「そうですね、掌や足というのは体の中心から遠くなる分、魔力の操作が難しくなりますので、膝の上に載せるのが良いでしょう」

香月さんが恐る恐る水晶を持ち上げて膝に置く。

透明でガラス玉にも見える水晶は綺麗だ。

「今回は水晶へ魔力を流すことが目的です。サヤ様のように複数の物に魔力充塡を行うならば、体外に出た魔力を維持するために訓練が必要ですが、たとえば右手から左手に魔力を流すだけであればさほど難しいことではございません」

マルグリット様が両掌を胸の前で合わせてみせる。

香月さんが真似をして、何となく、わたしも同じように両掌を合わせて話を聞く。

「さあ、集中しましょう。目を閉じてください」

香月さんと二人で目を閉じる。

「体の中心に魔力を感じてください。……魔力はありますか？」

「……はい、あります」

「あります」

胸の中心に魔力があるイメージをすると、そこに何かがある感覚がした。

以前、香月さんが言っていた、熱いものや冷たいものをそのまま呑み込んでしまって胃にそれを感じるというアレに確かに近い。

熱いとか冷たいとかはないけれど、わたしには、小さな光の粒子があふれているような不思議な感じがあった。

「では、それを右掌まで流してみましょう」

血液を流すかのように意識して、右掌までそれを通す。

ややあって香月さんが「出来ました」と言う。

わたしも目を閉じたまま頷いた。

「その魔力を左掌に通してください。掌は壁ではありません。右から左へ水が流れるように、または粉を流し入れるように、滑らかな流れを想像してみてください」

わたしの魔力はするんと何の抵抗もなく左手に流れた。

黙ったまま、また頷く。

苦戦しているのか香月さんの返事はない。

そっと目を開けて香月さんを見れば、ディザークみたいに眉間にしわを寄せて、顔を顰めていた。合わせた手に力が入っているのが見るだけで分かる。

なかなか上手くいかないようで、香月さんの焦りが感じ取れた。

「ユウナ様、焦ることはございません。ゆっくり、少しずつ魔力を流してみましょう」

マルグリット様の言葉に香月さんは頷いたものの、肩を落としている。

それでも諦めないところが香月さんの長所だろう。

でも今のままだと気落ちしてしまって上手くいかないような気がして、わたしは立ち上がった。

「香月さん、ちょっと気分転換しない？」

声をかけると香月さんが目を開けた。

「え、でも始めたばっかりだよ？」

「そうだけど、香月さん結構な量の魔力を循環させようとしてるでしょ？　魔力を操作するだけでも実はかなり疲れるし、美味しいものでも食べながら、どうしたら香月さんが魔力を流せるか考えてみない？　分からないままやってても出来ないだろうし」

香月さんのそばに立って手を取ると、マルグリット様も「そうですね」と立ち上がった。

「思えば私《わたくし》どもは感覚で魔法を扱っておりますが、異世界よりいらしたユウナ様がその感覚を摑むのはとても難しいことなのでしょう」

水晶をテーブルに戻し、立ち上がった香月さんがわたしを見る。

「だけど篠山さんはすぐに魔法を使えたんだよね？」

「うーん、わたしは元の世界でもライトノベルとかよく読んでて、その中にある魔法はこんな感じっていうか、やっぱり感覚的なものでやってるんだけど……」

「私はあんまり本を読まなかったから、その違いなのかな……」

しょんぼりとしている香月さんの手を引いて、別に用意されていたテーブルへ向かう。マルグリット様も来た。

テーブルの上にはお菓子や軽食などが沢山並んでおり、色とりどりで可愛らしい。

それを見た香月さんが「わあ……！」と目を輝かせた。

控えていたリーゼさんやメイドさん達がそっと近づいてきて、それぞれの取り皿にお菓子や軽食を綺麗に盛り付けてくれる。

ソファーに戻り、それぞれ食べ始める。

一口サイズのサンドイッチはとても美味しくて、一つ一つ具材が違っているところも凄い。

香月さんがマカロンみたいなお菓子をかじり、幸せそうな顔をする。

食べ物を美味しく食べられるなら、まだ大丈夫だろう。

「サヤ様とユウナ様の世界に魔法はないのでしょうか？」

「はい、魔法は空想上のものであり、代わりに科学技術というものが発達していました。色々な事象や物について研究してその仕組みを解明し、それを基に人の手で事象を起こしたり物を作ったりして便利な生活環境を作っていたんです。でもこちらの世界の人が見たら魔法を使っているように思うかもしれませんね。それぞれの分野に専門家がいて、誰もが作れるわけではないですし」

「それは魔法や魔道具に似ていますね。確かにこの世界には魔法がございますが、誰もが扱えるわけではなく、魔力を有し、属性に適性がなければいけませんもの」

確かに似ているが、元の世界には魔力というものがない。

少なくとも人間は魔力という不可思議な力の存在を認識していないし、魔法は空想上のものだと思われている。

もしかしたら、元の世界でたまに話題になる超能力者と呼ばれる人々のそれが魔力や魔法と呼ばれるものの類だという可能性はあるが。

魔女や魔術という言葉があるくらいなので『魔法はない』と断言していいのかは分からないけれど、何にしろわたしや香月さんにとって身近なものではなかった。

そこまで考えて、ふと疑問が湧いた。

……元の世界で魔力に近いものって何だろう？

超能力は魔法っぽい気もするけれど、どちらかと言うと、それはライトノベルでたとえるならスキルに近い感じがした。誰もが使えるわけではなく、一個人の特性、みたいな。

そもそもこの世界の魔法には攻撃魔法や治癒魔法などがあるけれど、最もよく使用されるのは日常的な営みの中の魔法だ。

たとえば火をつけたり、水を出したり、灯りを生み出したり。

元の世界では火をつけるならライターがあるし、水が欲しければ買ったり水道を使ったり、暗くなればライトをつけて明るくする。

この世界の便利なものの大半は魔法が動かしている。元の世界の便利なものを動かしていたのは何だ？

「あ」

不意に閃《ひらめ》いた。

思わず動きを止めると、香月さんとマルグリット様が小首を傾げてこちらを見る。

元の世界の便利なもの。それは電化製品だ。

考えてみれば、電化製品は魔道具とよく似ている。

魔道具の使用に魔力を使用するのは、電化製品で電気を消費するのと同じではないか。

この世界にも雷があるので魔力とは別に電気も存在するのだろうが、わたし達の感覚で考えるなら、魔力と電気はかなり近しい存在のように思える。

「ねえ、香月さん、あくまでわたしのイメージなんだけど、魔力って電気に近くない？」

香月さんが目を丸くした。

「え、電気？」

「そう、わたし達は自家発電が出来る電池みたいなもので、魔法は電気みたいなもので、魔道具は家電製品で電気を流すことで使えるようになる。足りない分の電気は食べ物や他の人から譲ってもらうことで賄《まかな》えるの」

「それって……」

わたしの説明に香月さんが言葉を途切れさせた。

でも、香月さんの頭の中で目まぐるしく色々なことが考えられ、想像されている気配があった。

もちろん魔力と電気はイコールではない。だが、イメージはそれに近いと感じた。

ややあって顔を上げた香月さんは、何かを確信したような、少し緊張した様子だった。お皿をテーブルに置いた香月さんは両掌を合わせる。

そしてグッと力を込めた。

数秒後、香月さんがハッと顔を上げた。

「魔力が通った……!!」

マルグリット様がサッと立ち上がり、香月さんに水晶を差し出した。

「感覚を忘れないうちに」

「はい！」

水晶を受け取り、膝の上に載せ、両手で左右から触れつつ香月さんが唇を引き結ぶ。

わたしもマルグリット様も思わず息を詰めた。

ふわ、と水晶に淡い色の光が現れる。

「ユウナ様、もう少し魔力を増やしてくださいませ」

香月さんが頷いた。

水晶の中にある光が強くなる。赤、緑、青、茶、白。全部で五色。最も多い色はわたしと同じく白だった。

香月さんは水晶をジッと見つめていた。

「もう魔力を止めていただいて大丈夫です」

マルグリット様に言われて香月さんが水晶から手を離す。

それでも、水晶には五つの光が灯っていた。

香月さんが深呼吸を一つした。

わたしは立ち上がって香月さんのそばに行き、その手を握る。

「香月さん、わたしの手に魔力を流してみて」

「……うん」

繋いだ手からふんわりと魔力が流れ込んでくる。

まだとても弱々しくて、まるで砂時計の砂のように今にも途切れてしまいそうなほど僅かだけれど、確かにそれは香月さんの魔力だった。

香月さんも魔力が流れていく感覚があるのだろう。

緊張のせいか繋いだ手は冷たかった。

「まだ途切れ途切れな部分はあるけど、魔力、わたしの手に少しずつ流れてるよ」

「うん」

「流す魔力量、増やせる？」

「……ううん、これ以上は無理かも」

かなり集中しているようで香月さんの額にはまた汗が滲んでおり、その表情もやや強張っている。

「ですが、魔力を体の外に流すことが出来ましたね。流れる魔力量と魔力の操作は非常に集中力を要しますが、外に出せたのであれば、そちらもいずれ上達するでしょう」

その言葉にわたしも頷いた。

わたしに魔力を流すことが出来たということは、魔力譲渡が出来るようになったという意味だ。

ほんの少しずつでも聖障儀に魔力を流し、魔力充填が出来るようになったと思っていいだろう。

流せる量はまだ僅かだけれど、魔力を体の外に流す感覚がもっと摑めれば、魔力操作も上手くなるはずだ。

「魔力充塡をするには流す魔力量がまだ少ないから、王国に戻ったら物や人に魔力を流す練習とか、何か魔道具を借りて充塡の練習をしてもいいんじゃないかな？」

香月さんが力強く頷いた。

「今の感覚を忘れないよう頑張るっ」

それまで静かに控えていた騎士達が礼を執った。

先ほど話した聖騎士が「ユウナ様、おめでとうございます」と言い、それに香月さんが嬉しそうに「ありがとうございます！」と返す。

微笑み合う二人に「おや？」と思ったものの、目が合ったマルグリット様が意味深に笑みを深めたのでそれについては黙っておいた。

「さっきの篠山さんの言葉のおかげで、魔力の流し方についても私なりにちょっと分かった気がするよ。ありがとう！　マルグリット様もご協力くださり、ありがとうございます！」

「全てはユウナ様の努力の成果ですわ」

「そうそう、香月さんが頑張ったからだよ」

マルグリット様は嬉しそうに微笑んだ。

自信のついた香月さんの笑顔に懐かしさを感じる。

……元の世界の香月さんはいつも笑顔だったっけ。

「さあ、香月さん、忘れないうちに練習しよう？　またわたしに魔力を流してくれる？　流した分は後で返すから」

「うん！」と頷いた香月さんを見てホッとする。

これなら、わたしが王国の魔道具に魔力を注ぐ役目もそう遠くないうちに終わりになりそうだ。

ディザークと共に事の成り行きを見守っていたのだろうドゥニエ王国の使者達も、安堵の表情を浮かべていた。

＊　＊　＊　＊　＊

マルグリット＝ドレーゼは紅茶を飲みながら、目の前にいる二人の若い聖女達を眺めた。

一人はサヤ・シノヤマ嬢。黒髪に黒い瞳という珍しい色を持つ少女で、性格はさっぱりとしている。若い娘にしては少し淡々とした印象が強いかもしれない。

ドゥニエ王国で役立たずと判断されたらしいが、実は全属性持ちの聖女であった。それゆえ帝国にやって来て、皇弟殿下の婚約者になった。

もう一人はユウナ・コウヅキ嬢。春の花を思わせるピンクブラウンの髪に、同色の瞳をした少女で、明るくまっすぐな性格のようだ。ドゥニエ王国の聖女として現在訓練をしている。

どちらも異世界より喚ばれたが、元々召喚魔法についてマルグリットは良く思っていなかった。この世界の、そして自分達の住む国の問題であるならば、そこに住む者達で解決すべきである。異世界より何も知らない人間を喚び、利用するなど、ただの誘拐だ。

もしもマルグリットが同じ立場であったなら、たとえどれほどの贅沢を約束されても協力などしないだろう。

自分の人生を無理やり奪われるのだから、二人は被害者である。

そう思うと、マルグリットはとても申し訳ない気持ちになった。

こちらの世界の人間の都合で、家族も、友人も、元の世界での人生全てを失った少女達の心情を思うと何も感じないはずがなかった。

しかも聖女という立場は重責である。国の守りの要《かなめ》となる魔道具に魔力を注ぎ、人々の傷を癒し、常に人の善き模範たれと言われる。

マルグリットが聖女に選ばれたのは二十代半ばだった。

最初はその幸運に心から喜んだ。聖女として選ばれるのは光栄なことで、誇り高い立場だと思っていた。聖女となれば誰もが自分を敬う。

けれども、聖女の務めや立ち居振る舞いの習得は容易ではなかった。

聖障儀への魔力充塡も慣れないうちはすぐに疲労困憊してしまったし、魔力が足りなくて無理に食事をしたり、人から魔力譲渡をしてもらったりもした。

奉仕活動も忙しく、好きだった夜会やお茶会へは参加できなくなり、自然と貴族社会との繋がりは薄くなっていった。

代わりに夫が社交に力を入れてくれたおかげで嫁ぎ先の伯爵家は貴族社会でも無事に過ごせているけれど、マルグリットは貴族の夫人としての立場を失っていた。

いつでも『聖女様』と呼ばれる。治癒魔法をかけても、誰もが感謝してくれるとは限らない。どうしても治らない怪我や病もあり、そういう時、マルグリットは『聖女のくせに治せないのか』と責められることのほうが多かった。

愚痴を零せば『聖女なのに』と言われ、人々を癒しても聖障儀に魔力を必死に注いでも『聖女なら当然』と思われ、心身共につらい時期があった。

支えてくれた夫や子供達がいなければ、きっと続けられなかっただろう。そんなつらい務めを、召喚した何も知らない人間に担わせる。それがどれほど無責任で身勝手なことか。

この世界の人間であるマルグリットですら時には投げ出したいと感じるのに、何の責任も関わりもない若者の人生を奪ってその重責を担わせるのは間違っている。

しかし、目の前の二人は聖女になることを受け入れた。

……いいえ、受け入れざるを得なかったのでしょう。

何も分からない世界で要求を撥《は》ね除け、もしそのまま放り出されたとしたら生きていくのは難しい。

マルグリットがドゥニエ王国の召喚魔法について知ったのは、サヤ・シノヤマ嬢が帝国に来てからだった。行う前に知っていたら強く反対しただろう。

初めて会った時のシノヤマ嬢は随分と落ち着いた様子で驚かされた。もし十代の頃のマルグリットが異世界に召喚されたとしたら、己の不運を嘆き、悲観して何も受け入れられないと思う。

だからこそ、聖女の立場を受け入れた少女達には出来うる限りのことをしたいし、先達として少女達に悪習を引き継ぐようなことは避けるべきなのだ。

聖女や聖人の献身が当たり前だと思う、世の認識自体を壊したい。

昔のマルグリットだったらそんなことは無理であったが、長く聖女として活動してきた今ならば発言力も強い。

……聖女も聖人も同じただの人間なのよ。

そのことを多くの人々に伝えたい。

「うーん、流れる量、増えないね」

「これ、結構疲れる……」

「ちょっと休憩する？」

この新たな芽が枯れてしまわないように。

これから芽吹く者達が潰されてしまわないように。

マルグリットは固く決意した。

聖女や聖人の立場を変えてみせる、と。

＊　＊　＊　＊　＊

サヤが王国の聖女と訓練をしている。

その様子を、王国の使者達と話しながらもディザークは横目に見ていた。

ドゥニエ王国の聖女ユウナ・コウヅキとサヤは同じ世界より召喚されたが、サヤはコウヅキ嬢とは少し距離を置いている部分がある。

仲が悪いわけではなく、無関心というわけでもなく、しかし特別親しいという雰囲気もない。

それについてサヤに訊ねたことがあった。

「コウヅキ嬢は友人なのか？」

その問いにサヤは首を傾げた。

「え？　うーん、クラスメイトだけど友達ではないかなあ。まあ、同じ世界から召喚されちゃった者同士って意味では気にかかるし、特に嫌う理由はないよ」

「しかし友人になるつもりはないと？」

「性格の違いかな。コウヅキさんは良くも悪くも『良い子』なんだよね。誰かが困っていたら自分が苦労しても助けるのが当たり前、みたいな感じ？　それが悪いとは言わないし、どうするかは本人の自由だし、わたしだってそういうことをする時もあるけど、コウヅキさんと一緒にいることで周りがわたしにもコウヅキさんと同じ考えや行動を期待したり強要したりしてきたら嫌でしょ？」

とのことだった。

「一緒にいるとどっちも比べられるしね」

その一言はあっさりとした声で紡がれたが、サヤが王国で放置されていたことを考えると実感のこもった言葉なのだと理解できる。

だからサヤはコウヅキ嬢とは親しくなりすぎず、けれど突き放すわけでも無関心でもない、曖昧な距離感を保っている。コウヅキ嬢がそれに気付いているかは不明だが。

また、ドゥニエ王国と関わりたくないというのも理由の一つだろう。

手紙ではなく、ヴェインに頼って魔法でコウヅキ嬢と連絡を取り合っている点からも王国を信用していないのが分かった。

実際、王国の使者とはあまり言葉を交わしていない。

神殿の聖騎士とは一言二言話していたが、それだけだ。

サヤは王国の使者にも騎士にも興味がないのだろう。

「そろそろ時間だ」

そう声をかければサヤが「あ、もうそんな時間？」と振り返り、横にいたコウヅキ嬢が少し残念そうな顔をした。

王国の使者達との会談も終え、魔力充填も済んでいるため、彼らが長居する理由はない。

サヤがコウヅキ嬢へ顔を戻した。

「今日の感覚を忘れないで練習してね」

「その、次も来たら教えてくれる……？」

「え？　魔力も流せるようになったし、わたしが教えることはもうないと思うけど……」

「でも、また会いたいし……あ、それにマルグリット様からも聖女について色々お聞きしたいことがあります！」

どこか必死な様子のコウヅキ嬢にサヤが頬を掻いた。

それを見て、なるほど、とディザークは納得した。

コウヅキ嬢は恐らくサヤと友人関係になりたい、または、繋がりを持ち続けたいと思っているのだろう。

コウヅキ嬢が不安そうな顔をした時、一瞬、王国の騎士達の責めるような視線がサヤへ向けられた。もしかしたら、そこにはコウヅキ嬢の願いを叶えろという気持ちが交じっていたかもしれない。

少なくとも、サヤはそれに気付いたようだった。

言葉に出されたわけではないが、こういうことが続けばそれが当たり前になってしまう。

「次回については互いに予定が合うかも分からない。今ここで約束は出来ないだろう」

ディザークがそう声をかければ、コウヅキ嬢が少し肩を落とす。

「そう、ですよね。……ごめんなさい」

そして王国の使者と騎士達が魔道具を運び、聖騎士とコウヅキ嬢と共に帰国していった。

サヤと離れがたそうなコウヅキ嬢にサヤ自身が「また連絡するから」と言わなければ、もっと別れの挨拶に時間がかかったかもしれない。

転移門で見送りを終えると、サヤに袖を軽く引かれた。

「ディザーク、ありがとう」

何がと言わなくてもすぐに分かった。返事の代わりにサヤの手を握ると、ディザークよりも小さくて細い手にしっかりと握り返される。

「わたしが王国を出たことで不安に感じてるのかもね」

「そうだとしても、彼女がサヤに寄りかかる理由にはならない。コウヅキ嬢は自分で王国の聖女になると決めたんだ」

サヤが頷き、ディザークに少しだけ身を寄せた。

「コウヅキさんにも頼れる相手が出来るといいね」

サヤの言葉にディザークは「そうだな」と頷いた。

『も』と言われたことがディザークは嬉しかった。

第2章　それぞれの思い

バウデヴェインはワイエル帝国を守護するドラゴンである。

漆黒の鱗に紅い瞳をしており、もうどれほど長く生きたかは忘れたが、ワイエル帝国を建国した初代皇帝が唯一の友であった。

ドラゴンのバウデヴェインは畏怖されることが多く、これまでの竜生の中でバウデヴェインのことをカッコイイなどと言って近づいてきたのは初代皇帝だけだった。

彼はバウデヴェインと出会ってからというもの、何度も会いに来ては何気ない話をしてよく笑う変わった人間で、けれどもそれが心地好かった。

何より、彼も黒髪に紅い瞳をしていたのだ。

彼と友という関係になるのに時間はかからなかった。

まだ国というものがあやふやな時代、彼は他の人間よりもずっと賢く、人々の生活を安定させるためこのワイエル帝国の建国に奔走した。

その際に手伝ってほしいと言われた時もバウデヴェインは友の助けになれることが嬉しいと感じたし、友とより長い時間を共有できたことは幸運であった。

ドラゴンと人間では寿命が違いすぎる。

それでも彼は人間にしては随分と長生きした。

時には共に戦争に行き、背中を合わせて戦うこともあったし、大量発生した魔物をバウデヴェインが一掃することもあった。

やがて彼がつがいを迎え、子が出来ても、彼はバウデヴェインとの関係を変えず、いつもバウデヴェインを友と呼んで毎日のように会いに来て長話をした。

話の内容はほとんどが彼とバウデヴェインが成したことについての思い出だったが、いつも感謝を示し、バウデヴェインを褒め称えてくれた。

だが褒めるばかりではなくバウデヴェインの悪い部分を指摘することもあって、それがまた、バウデヴェインには面白くて愉快だった。

ドラゴンにとって瞬きほどの人生を生きた彼は死に際に言った。

「気が向いた時だけでいいから、この帝国を見守ってくれないか？　……俺達で築き上げた国を、失いたくないんだ……」

彼の言葉にバウデヴェインは頷いた。

それからはワイエル帝国を見守り続けた。時代によっては戦争にも参加したが、バウデヴェインは基本的には国の行く末を見守るだけだった。

人間の国のことは出来る限り人間が解決すべきで、全てのことにバウデヴェインが口を出せば、そのうち皇族達はバウデヴェインの指示通り動く傀儡《くぐつ》となってしまう。

それはバウデヴェインの望むところではない。

彼の子、孫、そのまた子と皇族は時代を繋いだものの、期待とは裏腹に初代皇帝以降、黒を持つ者は現れなかった。濃い色合いを持つ者や紅い瞳の者はたびたび見かけたが、初代皇帝ほどの黒はいない。

それでも友の言葉をバウデヴェインは忘れられなかった。

「また、お前に会いに生まれてくる。何十年、何百年後か分からないが……その時はまたお前と過ごしたい」

最高の褒め言葉だとバウデヴェインは思った。

彼が死んだ時、ドラゴンとして生を受けてから初めて悲しみを知り、涙を流した。

その後は友が葬られた霊廟の地下で静かに過ごしながら、友との思い出に浸っている間に、数百年などあっという間に過ぎていった。

その間、多くの皇帝や皇族が挨拶に来たが、名を覚えている者はほとんどいない。バウデヴェインにとっての友は彼だけだ。その子孫達は彼とは違うし、彼ではない。

彼の色を有していないのも関心があまり湧かない理由の一つだった。

思い出と眠りの中で過ごしていたある日、霊廟に人間が訪れた。

現皇帝と、確か、その弟だったたか。

目を開け、顔を上げ、バウデヴェインは驚いた。

そこには彼と同じ黒を持つ人間がいた。

すぐに彼ではないことは理解できた。彼とは異なる色の魂だったから。

しかし彼や己と同じ黒は非常に珍しい。

黒を持つ娘は異界の者で、その漆黒の髪に懐かしさを覚えた。

彼も、バウデヴェインと同じ黒色の髪を大切に伸ばし、誇ってくれていた。

久しぶりの喜びを感じてバウデヴェインの心が動いたのは言うまでもなく、娘の守護を行うことにして霊廟の外へ出た。

娘、サヤは彼ほどではないけれど、バウデヴェインに対してよく話しかける人間で、ドラゴンであるバウデヴェインをあまり恐れてはいないようだ。そういったところもどことなく彼を思い起こさせる。そんなサヤは皇帝の弟と添い遂げるらしい。その皇帝の弟の名はディザークというそうだ。

「ねえ、午後の訓練を見に行ってもいい？」

サヤの問いにディザークが首を傾げる。

「それは構わないが、女性が見ても特に面白いものではないと思うぞ？」

「そうかな？　ディザークも剣を振るうんだよね？」

「ああ、俺も参加する」

「じゃあディザークのカッコイイ姿が見られるね」

サヤが楽しげに笑うとディザークが驚いたように目を瞬かせ、照れくさそうに視線を逸らす。

「……見たいなら、好きにすればいい」

ディザークの言葉にサヤが大きく頷く。

「差し入れ持っていくね」

「分かった。……ではまた午後に」

そうしてサヤと抱擁を交わしてから、ディザークは己の仕事場へ向かうために宮を出て行った。

その馬車を見送りながらサヤは幸せそうに微笑んでいた。

つがいとは対等な立場であり、互いを慈しみ、尊重しなければならない。そうあるべきだと彼は言っていたし、つがいや子のいた彼はとても幸せそうだった。

幸せそうな彼を見るのがバウデヴェインは好きだった。

サヤの幸せそうな様子を見ていると、その頃の心地好さを思い出し、穏やかな気持ちになる。

ディザークは良き男だ。初めてサヤと出会った時、ドラゴンの手で触れようとしたバウデヴェインの前に躊躇《ためら》いなく立ちふさがり、サヤを守ろうとした。その度胸はなかなかのものである。

大切なつがいのためならばドラゴン相手でも身を挺して守ろうとする姿勢は素晴らしい。

だからバウデヴェインはディザークのことも存外気に入っている。


サヤについて午前中の授業を受け、昼食を摂り、午後になると馬車に乗って城へ向かう。

差し入れも持ってきており、侍女が持つと言ったにもかかわらずサヤは「自分で渡したいから」と膝の上に菓子の入ったカゴを抱えている。その様子はとても楽しげだ。

彼も無邪気な笑みを浮かべながら、よくバウデヴェインの下《もと》を訪れた。

城へ着くと騎士達の案内を受けて、訓練場へ行く。

そこには他にも訓練を見に来たであろう人間達が多くいたが、観客席に来たサヤに気付くとほとんどの者達は振り返り、見やすい場所を勧めてきた。

それにサヤが礼を言い、最前列に辿り着く。

侍女と護衛騎士、バウデヴェインでサヤを囲む。

訓練はもう既に始まっており、どうやら、二部隊に分かれた騎士達同士で戦う模擬戦であるらしい。

片方の将はディザークのようだ。本来、将は後衛で指揮を執るのだが、ディザークの性格上、安全な後方にいるのはあまり好きではないのだろう。むしろ先陣を切って戦っている。

「うわあ、凄いね！」

剣のぶつかり合う音、騎士達の雄叫《おたけ》び、地面を踏み鳴らす音、鎧がぶつかる音。それらが重なってかなりの騒音になっている。

高い位置にある観戦席からは全体がよく見えた。

「ディザーク、どこにいるかな？」

「ほら、あそこだ。最前線におる。恐らくあの腕の赤い印は将を示すものだろう。ディザークが右軍の指揮を執っているはずだ」

サヤの視線が捜すように動くのでバウデヴェインが指し示せば、サヤが目を丸くして、それから笑った。

「なんかディザークらしいね。責任感が強いし、命令するのも慣れてそうだし。まあ、皇弟殿下だ

から指揮官なのも当然だろうけど」

周りの観戦者達が両軍に声援を送る。

それにサヤは少し驚いた表情を見せた後、大きく息を吸い込み、真似するように叫んだ。

「ディザーク、頑張れ!!」

一瞬、ディザークが顔を上げて確かにこちらを見た。

まるでサヤの声に応えるように、ディザーク率いる右軍が勢いを増して押していく。

多くの声援の中、勝利したのはディザークの軍だった。

模擬戦を終えたディザークがこちらへ軽く手を振り、それに気付いたサヤも嬉しそうに振り返している。

侍女や騎士達が微笑ましげな顔をしていた。

休憩に入り、ディザークの下《もと》へ向かう。

「ディザーク、お疲れ様。凄かったよ!」

鎧を脱いでいたディザークが振り向く。

「そうか」

サヤを見たディザークの表情が微かに和らいだ。

常に眉間にしわを寄せている男だが、サヤと話している時は比較的しわが薄くなる。眉根を寄せるのはもう癖なのだろう。

鎧を脱ぐディザークのそばでサヤが言う。

「音がかなりするんだね。こういうの初めて見たからビックリしたけど、なんていうか、凄い熱量があった。あとディザーク、将なのに一番前にいたね」

笑いを含んだその言葉にディザークが小さく息を吐く。

「後方にいるのは性に合わん。何より、命を懸ける場において率いる者こそが先頭に立たねば部下達に示しがつかない」

「確かに後ろで指示出して踏ん反り返ってる人より、一緒に戦う上司のほうがみんなついてくるよね」

話しながら鎧を脱ぎ終えたディザークが、サヤの手からカゴを受け取った。

「声援が聞こえた。……お前の声は力になる」

少し照れくさそうにディザークが言う。

それにサヤがニッと笑った。

「戦ってるディザーク、すっごくかっこよかった。見に来て正解だったよ。また訓練があったら見に来ていい？」

「……好きにしろ」

サヤが差し出した手にディザークも己の手を重ね、二人は休憩をするために訓練場の端へ歩いていく。

……うむ、これは将来が楽しみだ。

そう遠くない未来、この二人は正式に婚姻してつがいとなるだろう。きっと、幸せな人生を送り、子も出来る。その子が初代皇帝と、そしてバウデヴェインと同じ色を宿していたらと思うのは我が儘だろうか。

けれども、どこかで淡い期待と確信があった。

この二人の子こそ、バウデヴェインの望む存在となるだろう。

それが今のバウデヴェインにとって一番の楽しみだった。

「ヴェイン様も一緒に食べましょう！」

手を振るサヤとこちらを見るディザーク。

……あやつもよく我のところに菓子を持ってきては、共に話をしながら食したものだ。

彼の姿がサヤに重なり、懐かしさを感じながら、バウデヴェインは歩き出したのだった。

＊　＊　＊　＊　＊

「なんだか緊張するね」

馬車に揺られながらそう零せば、ディザークが首を傾げた。

「何がだ？」

「バルトルド様に会うの、前はビックリしすぎてあんまり意識してなかったけど、前皇帝陛下だし、ディザークのお父さんだし、改めて会うってなるとちょっと落ち着かない」

「父上はもう政に関わっていない。今回、離宮に招かれたのだって俺達の婚約記念に絵を描いて贈りたいというだけだろう？」

そう、わたしが聖女として公表されてから一ヶ月と少し。

バルトルド様から『二人の肖像画を描いて贈りたいので時間の空いている日に離宮に来てくれないか』とディザークとわたしの下《もと》にお伺いがあった。

そしてディザークと話し合って、今日、二人の予定が合うので行こうということになった。

バルトルド様は特に予定はないそうで、わたし達が行く日を伝えるとすぐに了承の返事があり、肖像画を描くというのでいつもより華やかなドレスとメイクで馬車に乗った。

ディザークもいつもよりピシッと決まっている。普段は外しているマントをつけており、髪もしっかり後ろへ流していて、眉間のしわがよく見える。

「ディザークはもしわたしの両親と会うってなった時、緊張しないでいられる？」

「それは、難しいな……」

考えるように顎に手を添えてディザークがやや俯く。

それからその場面を想像したのか「なるほど」と一度大きく頷いた。

「だが父上はサヤのことを気に入っていると思うぞ」

「そうなの？」

「少なくとも、父上は家族や友人以外の人間を描いたことはない。サヤを描くということは親しい者として受け入れてもいいと言いたいのだろう」

「そっか、それなら嬉しいな」

横にいるディザークへ寄りかかれば肩を抱かれる。

そうして寄り添って過ごしているうちに馬車の揺れが段々と小さくなり、やがて少しだけ大きく揺れると停車した。

ディザークが名残惜しそうにわたしの肩から手を離す。

外から到着した旨を告げられ、ディザークが返事をして扉を開けた。先にディザークが降り、わたしも席を立つ。

すぐに手が伸びてきてわたしの両脇を掴むように抱え、馬車から地面にそっと下ろされる。たまには自分で降りたいと思いながらも、ディザークにそうやって構ってもらえるのが嬉しいと感じる自分もいて、結局黙っていることにした。

「……ディザークの離宮とは違うね？」

華やかさのないシンプルなものだった。石造りの無骨さと、けれども堂々とした威風ある佇《たたず》まいは宮殿というより小さなお城である。

「父上はあまり華やかなものを好まないからな」

出迎えてくれた執事だろう老齢の男性の案内を受けて、屋内へと入る。

屋内も石造りで、廊下に飾られた絵は多いものの、それ以外の美術品などはほとんどなかった。

実用一辺倒といった感じである。

廊下を歩きながら絵を見ていると、前を行く執事が説明してくれた。

「この離宮に飾られている絵は全てバルトルド様がお描きになったものでございます」

「それは凄いですね」

もう既に十数枚以上絵を見かけた。それら全てをバルトルド様が描いたのだとすれば、本当に絵を描くことが好きなのだろう。

やがて両開きの扉の前に到着すると執事の男性がその扉を叩いた。

「ディザーク様と御婚約者のサヤ様がいらっしゃいました」

中から「通せ」と声がする。

執事の男性は扉を開けると横へ避けた。ディザークと共に中へ入る。

その部屋はとても広かった。窓が大きく、日当たりも良いのか、灯りがなくても室内は非常に明るい。いくつもキャンバスが立ててあって描きかけの絵が並んでおり、その中の一つの前にバルトルド様が座っていた。

ふわ、と絵の具独特の匂いが漂ってくる。

振り向いたバルトルド様が笑った。

「よく来たな」

現皇帝陛下と同じ銀髪と紅い瞳に光が当たり、輝いている。

その笑みは気のいいおじいさんといった様子で、絵の具で汚れた服や手を気にもせず、とても前皇帝という立場の人には見えなかった。もちろん良い意味でだ。

「そちらに座ってくれ」

筆先だけで雑に示された場所には、この実用的な建物にはあまり似合わない華やかな椅子があった。どう見ても、このためにわざわざ別の場所から持ってきたものだ。しかし一脚しかない。

ディザークのエスコートで椅子に近づき、当たり前のようにそこへ座るよう促された。

「ディザークは？」

「こういう時、男は立っているものだ」

「でもずっと立っていたら疲れない？」

「いや、普段は座り仕事が多いから立っているほうが楽だ」

そんな話をしていると、区切りのいいところまで描けたのか、バルトルド様が背もたれのない丸椅子にパレットを置いて立ち上がった。

「すまない、待たせたな」

わたしも立ち上がって礼を執る。

「バルトルド様、本日はお招きくださり……」

「ああ、待て待て、そのように堅くならないでおくれ。息子の婚約者ということはいずれ義理の娘となるんだ。それに私はもう皇帝ではないのだから、そこまでかしこまる必要もない。ただの絵が好きな老人だと思って前のように気楽に接してくれればいい」

……そう言われても……。

思わずディザークを見上げれば、頷き返される。

「本人がそう言っているのだから、そうすればいい」

「そうだとも」

とバルトルド様まで頷くので、わたしは「分かりました」と返すしかなかった。

いつからいたのか気付かなかったが、侍従らしき人がバルトルド様に近づいて濡れた布を渡すと、それでバルトルド様が手を拭く。

そうしている間に侍従らしき人が置かれていたキャンバスの一つをバルトルド様のそばへ運んでくる。手を拭き終えたバルトルド様から布を受け取り、代わりに新しいパレットを渡している。その慣れた様子から、長く仕えている人なのだと窺えた。

「さあ、サヤ嬢も椅子に座ってくれ」

侍従の人が別の椅子を運んできて、バルトルド様がそれに座りながら手でわたしが先ほどまで座っていた椅子を示す。

勧められるまま椅子に座り直せば、それまで黙って控えていたリーゼさんが近づいてきてドレスの裾やしわを整えてまた部屋の隅に下がった。

バルトルド様が満足そうに頷く。

「その状態でこちらを見てくれ。ディザークはそのままでいい。サヤ嬢は少し顎を引いて、ディザークのほうにやや体を向けて、ああ、その角度が一番よく映える」

椅子に腰かけたまま、少しだけディザークのほうに体を向け、バルトルド様を見る。

バルトルド様がキャンバスに下書きを始めた。

「ただそこにいるのも暇だろう。あまり動かなければお喋りくらいはしても問題ないよ」

そう言われても少し困ってしまう。

バルトルド様は真剣な表情でキャンバスに向かっている。

……お喋りと言われてもなあ。

「バルトルド様についてお訊きしてもいいですか？」

すると、バルトルド様がキョトンとした顔をする。

「私の話かい？　さして面白くはないと思うがね」

そう言いながらも何かを思い出すように目を細め、ゆっくりと話し出した。

＊　＊　＊　＊　＊

バルトルド＝ヒルデブラント・ワイエルシュトラスは、このワイエル帝国の第二皇子であった。

三歳上の兄である第一皇子がおり、その兄が帝位を継ぐとあの頃は信じて疑わなかった。他には父である皇帝と母である皇后、そして妹がおり、毎日がとても幸せだった。

バルトルドはその頃から絵を描くことが好きで、兄が皇太子となってからはずっと、自分はいずれ画家になりたいと願っていた。

画家としての才能もあり、家族もバルトルドが好きな道を行くことを望んでいた。

だが、バルトルドが十二歳の時に悲劇が起きた。

国全体に流行《はや》り病が広がり、平民も貴族も関係なく病にかかり、そして母と兄もその病に侵された。医師達は懸命に治療を施したが、母が亡くなり、その後を追うように何と皇太子の兄までもが亡くなった。

結果、バルトルドが次代の皇帝となるべく新たな皇太子に選ばれ、その後、皇太子としての教育が行われた。

元より帝位に興味のなかったバルトルドにとって、それはとてもつらいことだった。

兄が立つべきだった場所に自分が立つ。

まだ婚約者のいなかったバルトルドにはそのまま兄の婚約者があてがわれた。

それまで義理の姉になると思って慕っていた人が婚約者となったことにも酷く戸惑った。一時は婚約の話を断ろうとすら思った。

しかし彼女の『知らない人の妻となるより、あなたの妻となって、亡くなったあの方が愛した国を支えたい』という言葉と、彼女ならば確かに信頼できるという思いから、バルトルドは彼女を婚約者として迎えたのだった。

その後、皇太子教育を終え、結婚し、父について仕事を覚えると、それを待っていたかのように皇帝である父はある朝、静かに息を引き取った。

母と兄を失ってから政務に奔走していた父は無理を続け、そのせいで命を縮めてしまったのかもしれない。

皇帝となったバルトルドは妻との間に三人の子を授かったが、次男であり末子であるディザークを産んでから妻は体調を崩して亡くなった。

その時にバルトルドは思ったのだ。このまま自分まで死ねば帝国は揺らいでしまう。早く次代を育て、血筋を繋げるべきだ。

それからバルトルドは第一皇子であるエーレンフリートの教育に力を注ぎ、早くから皇太子に指名すると政務に参加させた。参加と言っても大半は横で見せるだけだったが、エーレンフリートはよく出来た息子であった。

エーレンフリートと第一皇女はバルトルドに性格が非常に似ており、少々癖がある。

そして第二皇子のディザークは亡き兄に似ていた。

外見は違うが、真面目でやや無愛想なところは兄を思わせた。もしかしたら癖の強い自身の兄や姉と付き合っているうちにそうなったのかもしれないが。

それでも三人は仲が良く、危惧していた継承権争いが起きることもなかったため、バルトルドは胸を撫で下ろした。

エーレンフリートが問題なく政務を取り仕切るようになると仕事を段々息子へ移していった。そして最後にバルトルドは帝位を譲り、城内に終《つい》の住処となる宮を建て、そこに引きこもったのだ。

それ以降、エーレンフリートから助言を求められない限り、政に関わることはなかった。

エーレンフリートが無事帝位を継ぎ、結婚し、子も生まれて、バルトルドはもう自分のやるべきことはないと感じた。

だからこそ、余生は本来の望み通りに過ごしたかった。風景や家族、友人などを描きながら穏やかに、静かに過ごしたいという思いだけが残ったのだった。

＊　＊　＊　＊　＊

「そうして今はのんびり絵を描きながら過ごしている。本来、私がそうなるべきだったように」

バルトルド様がそう、静かに締め括《くく》った。

ディザークは何も言わなかったので、父親のこれまでについては知っていたのだろう。

家族が次々と亡くなって、当時のバルトルド様は深く悲しみ、とても苦しんだと思う。

でも、安易に「苦しかったですね」と言うのは違う気がした。その人の苦しみはその人しか分からないし、お悔やみの言葉を伝えるのも今更な感じがする。

「わたしは、バルトルド様が生きていてくださって良かったと思います」

バルトルド様が不思議そうに小首を傾げた。

「そうかい？」

「はい。バルトルド様が生きていてくれたからこそ帝国の皇族の血も途切れず、わたしもディザークと出会えました」

「なるほど、そういう考え方もあるか」

ふふ、とバルトルド様が楽しげに笑う。

「私は兄の代わりでしかないと思っていたけれど、そう言われると、なかなか悪い気はしないものだね」

人は、本当の意味では他者の代わりになんてなれはしないとわたしは思う。だってどんなにその人を真似ても、その人を目標にしても、その人自身にはなれないから。

だけど、だからこそ、バルトルド様はお兄さんの代わりになるべく努力したのだろう。その気持ちはきっと、とても尊いものだ。

一瞬、バルトルド様が目を伏せた。

しかしすぐに顔を上げると朗らかに笑う。

「ディザーク、良い娘を婚約者に迎えたな」

それにディザークが頷く気配がした。

「ええ、本当に」

短い肯定の言葉が嬉しかった。

その後はわたしの元の世界での暮らしについて話をしたり、ディザークの子供の頃について少しばかり聞いたりしながら時間が過ぎていった。

下書きはその日のうちに出来たものの、仕上がるまでには時間がかかるそうだ。

そのまま夕方まで過ごし、また近いうちに訪れる約束をして、バルトルド様の離宮を後にする。

馬車の中で揺られながらディザークに寄りかかる。

「絵、楽しみだね」

「そうだな。きっと良いものを描いてくれるだろう。出来上がったら離宮に飾るか？」

「うん、それいいね」

この世界には写真がないので、姿を残すには絵を描いてもらう必要がある。手間も時間もかかるが、だからこそ、大事にしたいと思えるようになるのだろう。

　その後、出来上がった絵は離宮の玄関ホールに飾られ、結婚後も新たに絵を描いてもらうようになるのだけれど、それはまた別の話である。

第３章　リディアンへ

帝国の聖女として公になってから一ヶ月半。

穏やかな日々が過ぎていたものの、その日、ディザークと共に皇帝陛下の下《もと》へ向かった。早急に来てほしいとの伝令が来たのだ。

日が沈む少し前で、ディザークは離宮に帰った直後だったけれど、皇帝陛下に呼ばれたとあっては行かないという選択肢はなかった。

馬車に乗り込み、急いで行くとまっすぐに皇帝陛下の政務室まで通された。

「やあ、急に呼び出してすまないね」

銀髪に紅い瞳、ディザークとは違った甘めで整った顔立ちの男性は、このワイエル帝国の皇帝、エーレンフリート＝イエルク・ワイエルシュトラス陛下であり、ディザークの兄でもある。

皇帝陛下のいる机の向かいに置かれた三人がけのソファーに、ディザークと二人で座る。

「それで、緊急の用件とはなんでしょうか」

ディザークの問いに皇帝陛下が深刻そうな顔をする。

「リディアンの街から魔物討伐の要請が届いた。三日前から周辺の魔物の動きがおかしくなり、急に森の奥にいる魔物達が街周辺に現れるようになったそうだ。しかも数が多いそうで、街の兵だけではギリギリらしい」

皇帝陛下の話では、リディアンの街は帝都から東に馬で三日ほど走ると到着するそうで、それなりに大きな街なのだとか。手紙で三日前ということは、早馬を使ったことを考えても、魔物に異変が出てから五日は経過してしまっている。

現在リディアンの街は周囲を魔物に囲まれており、孤立状態で、旅人や商人の出入りも出来ず、その上使用していた聖障儀が壊れてしまい、とにかく籠城戦のようになっているらしい。街の人々もいつ魔物が街へ入って来るかと怯えてしまっていると思う。

「ディザークは討伐部隊の編制と準備を急ぎ行うように。そして、サヤ嬢にもこれに同行してもらいたい。……初めて帝都の外へ出るのが討伐戦という形になってしまい、申し訳ないが」

聖女の仕事の中にはこういうことも含まれるのだそうだ。

ただ、マルグリット様はもう高齢で旅が難しいこともあって、わたしに声をかけたらしい。

「行けそうかい？」

「はい、大丈夫だと思います。ディザーク達もいますし、ヴェイン様もいて、わたしも魔法である程度は自衛できますから」

ね、と後ろを振り向けばヴェイン様が大きく頷いた。

「うむ、我がいればサヤが怪我を負うことなどないぞ。魔物討伐の件も、ドラゴンに戻ってもいいのであれば我が一掃してやろう」

「そうしてもらいたいけれど、ヴェインが聖竜様であることを知られるのはまずいのでね。私達人間で何とかするよ。もしもの時はサヤ嬢とディザークを守ってもらえると助かる」

「分かった、今回は護衛に徹しよう」

ドラゴンのヴェイン様が出ていけば魔物討伐は一瞬で終わるだろうが、そうするとヴェイン様がドラゴンであると広まってしまい、今度は各国がヴェイン様欲しさに色々と首を突っ込んでくるかもしれない。そして、ヴェイン様が守っているわたしにも飛び火してくるだろうことは容易に想像できる。

「改めて、ディザークには討伐部隊の指揮を執って魔物への応戦を、サヤ嬢には現在使用している仮の聖障儀への魔力充填と怪我人の治療を行ってもらいたい」

皇帝陛下の言葉にディザークとわたしは大きく頷いた。

「かしこまりました」

「頑張ります」

そういうわけで、魔物討伐部隊が編制されることとなった。

＊　＊　＊　＊　＊

わたしが魔物討伐について行くことが決定すると、侍女三人が慌ただしく準備を始めた。

異世界の旅に必要なものがよく分からないわたしの代わりに、あれこれと準備を調えてくれているのだが、なんだか少し荷物が多い気がする。

「こんなに色々持っていくの？」

と訊けば、マリーちゃんが大きく頷く。

「もちろんです！　サヤ様は聖女様なのですから、身支度を整えるためのものも必要ですし、着替えや日用品もとなるとこのくらいになります」

往復するのに八日、リディアンの街に数日滞在することを考えると二週間はかかるかもしれない。そう考えると荷物が多いのは当然か。

今回の魔物討伐には侍女のリーゼさんとノーラさんがついて来てくれる。二人は双子で、どちらも緑髪。ポニーテールで穏やかそうなほうがお姉さんのリーゼさん、ツインテールでやや気の強そうなほうが妹のノーラさん。実はこの二人、それなりに戦えるらしい。

マリーちゃんは非戦闘員なので不参加である。

「私も剣や体術など習っておけば良かったです……！」

なんて悔しそうに言っていたけれど、個人的にはマリーちゃんはそのまま可愛い癒しのマリーちゃんであってほしい。

「リーゼさん、ノーラさん、よろしくね」

声をかければ荷造りを終えた二人が頷いた。

「はい、よろしくお願いいたします」

「……全力でお守りします」

それから部屋の端にいるヴェイン様を振り返る。

「ヴェイン様もよろしくお願いします」

「任せておけ。どんな魔物からも守ってやろう」

自信満々な様子でヴェイン様が笑い、腰に手を当てる。

……美形のその台詞、破壊力凄そうだなあ。

これが何も知らない人であったらドキッとするのかもしれない。わたしの場合、ヴェイン様がドラゴンで、わたしに対して恋愛感情が全くないことも分かっているので、ときめかないが。

近づいてきたヴェイン様に頭を撫でられる。

「サヤは自身の仕事に専念するがいい」

……この撫で方、完全に犬猫にする感じなんだよね。

「はい、ヴェイン様がいてくれたら安心ですね」

その後、ディザークのほうも魔物討伐部隊を編制し、参加する騎士達に急ぎ準備を行わせたそうだ。

離宮に帰って来たディザークと一緒に夕食を摂る。

「ディザークは魔物討伐によく出るの？」

「討伐部隊はよく出撃しているが、俺が出ることは滅多にない。逆に言えば、皇族の俺が出るくらいリディアンの街は重要な場所であり、今回の魔物の騒動も規模が大きいということだ」

「なるほど」

ついでに魔物について訊いてみた。

「魔物ってどういう生き物なの？　魔法が使える動物っていうのは知ってるけど……」

ディザークが少し考えるように黙り、ややあって口を開く。

「魔物についてはまだ解明されていない部分も多いが、魔法の影響か普通の動物とは外見が違うし、人間と異なり詠唱を行わずに魔法が扱える。倒すと、その魔物の心臓は魔石と呼ばれる魔力を含んだ宝石となり、ツノや皮などといった使える素材が残り、使えない肉などは大地へ還《かえ》る」

その説明を聞いた時、ゲームみたいだな、と思った。

「魔物の死体から素材を取るとかじゃないんだね」

「ああ、少し放っておけば勝手に素材と魔石が残る。この魔石は魔力を溜めておくことが出来るから、魔道具の核として使える。聖障儀の球体部分があるだろう？　あれはいくつもの魔石を使って作られたものだ」

「そうなんだ」

ツノや皮などの素材もそうだが、魔石は特に貴重で高値がつくので、魔物を倒して生計を立てている人々もいるそうだ。

小さな村などはそういった素材を売って細々と暮らしているところも多いらしく、魔物は危険な存在だが、同時に人々の暮らしを支える収入源でもある。

「魔物ってどうやって生まれてくるの？」

「魔物がどのようにして出現するかは解明されていない。何もない場所から突然現れたという話も聞くが」

「不思議な生き物だね」

「ああ、そしてどの魔物も普通の動物に比べて強い。今回リディアンの街周辺にいる魔物達は恐らく特に強い。もしかしたら上位種――……他より強い個体がいる可能性もある」

魔物は三種類に分けられ、通常種、上位種、変異種とあるらしい。

通常種は普通の個体。

上位種は通常種より強く、大きな個体。群れの場合は大体、上位種が群れを率いている。

変異種は通常種または上位種が何らかの理由により突然変異し、外見が変わるだけでなく使える魔法が増えるなど、本来の種からは異なった個体。変異種が最も強い。

リディアンの街周辺の魔物達は上位種が率いる群れか、上位種が近くにいるせいでざわついているだけの連中かという話らしい。

「とにかく、危険な場所へ行くことになるのは確かだ。……死ぬ者も出るかもしれない。その時、お前は治療を行うだろうが絶対に無理はするな」

ピタ、とわたしは手を止めてしまった。

言外に『たとえその人間が死んだとしても』と言われた気がした。初めて治療院で奉仕活動をした時の、娘を抱えながら真っ青な顔で助けを求める男性の様子が頭をよぎった。

「もし無理をしようとした時はヴェインか侍女に止めさせる」

「……それで人が死ぬとしても？」

「帝国は聖女を失うわけにはいかない。残酷なことを言うが、一人の兵士の命より、聖女の命のほうがずっと重い。その兵士が助けられる人間は数人程度だが、聖女は聖障儀に魔力を注いだり、治癒魔法を使用したりして、大勢の民の命を守ることが出来る。重要度で言えばサヤのほうが上だ」

一瞬『それじゃあその兵士がディザークだったら？』と思ってしまった。でも、ディザークはきっと同じことを言うのだろう。それは少し、いや、かなり嫌だと感じた。

けれども見つめてくるディザークの表情があまりに真剣で、同時にわたしのことを心配してくれていることが伝わってきて、それ以上は何も言えなかった。

黙って頷くわたしにディザークが表情を緩める。

「他にも治癒士が同行する。お前一人が全ての治療を担うわけではないし、最前線に立つこともない。主な仕事は聖障儀への魔力充塡だ。それが済んで、まだ魔力に余裕があるようなら、街の兵士などの怪我人の治療に当たってほしい」

「……分かった」

色々と思うところはあるが、わたしがここで抗議したとしても、ディザークが頷いてくれることはないだろう。

……たった数ヶ月の付き合いだけど、それは分かる。

ディザークは真面目で、堅物で、一度こうと決めたことは変えない頑固さもある。

「だけど、出来ることは頑張るよ」

拳を握るわたしにディザークは小さく頷いた。

＊　＊　＊　＊　＊

それから二日後、討伐部隊の編制と準備が調った。

わたしは馬車に乗っての移動ということで、朝から馬車に荷物が載せられていった。

ディザークは馬に乗って行くそうで、必要な荷物は荷馬車に既に積んであるらしい。討伐部隊員の荷物は全て荷馬車に積み込み、荷馬車はそれなりの数になった。

わたしは馬に乗れないのと警備の都合上、馬車のほうがいいとのことだった。

だが、こういった急ぎの救援要請ではあまり速度の出せない馬車を使用しないらしいことと、用意された華やかな馬車から、『本当は聖女様待遇なのでは？』と思ったのは黙っておこう。

出立は昼過ぎで、離宮に迎えが来た。

「ディザーク様、聖女様、もうすぐ出立のお時間です」

迎えに来た男性は、柔らかな色素の薄い茶髪にくすんだ青い瞳、穏やかそうな顔立ちをした、アルノー・エーベルスさんという。ディザークの副官だ。

「ああ、準備は出来ている」

ディザークの手を借りて馬車へと乗り込む。

そばにはディザークの馬がいる。馬車を引く馬よりもやや大きく、黒に近い焦茶の毛並みをしていて、先ほどから落ち着かない様子で地面を蹴っていた。少し気性が荒い馬なのだとか。

「もし道中で魔物が現れても馬車から出るな」

「うん、了解」

魔物と戦ったことのないわたしが出ても邪魔だろう。

素直に頷いているとヴェイン様、リーゼさんとノーラさんも馬車に乗り、扉が閉められる。

ディザークが自分の馬に乗ると、馬は少し嬉しそうにその場で軽く足踏みをした。ディザークは馬の首の横を軽く撫でた後、ゆっくりと馬を進ませた。

それに合わせて馬車も動き出す。

離宮から離れ、正門前の広場に着くと、大勢の騎士達が整列して待っていた。ディザークは馬に乗ったまま歩みを止め、声を張り上げた。

「既に聞き及んでいるだろうが、リディアンの街への遠征命令が出た！　恐らく上位種などの強い魔物がいるだろう！　だが、恐れることはない！　我らの剣ならばリディアンの街を守り、魔物の暴動を食い止めることが出来る！　そして今回の遠征には聖女も同行する！　聖女に、リディアンの民に、我らの力を示すのだ！」

ディザークの言葉に騎士達が雄叫びを上げた。

……うわ、ビリビリする……！！

大勢の騎士達の声で空気が震える。

熱のこもった雄叫びに、ディザークが口角を引き上げた。

「リディアンに向けて前進!!」

そうして、この世界で初めての旅が始まった。

馬車の旅というけれど、時間との戦いでもあるからか、帝都を出ると馬車は結構な速度で街道を進む。それに伴って揺れも凄い。馬車の中に沢山クッションが敷き詰められているのはなんでだろうと思っていたが、今ならその理由が分かる。

……クッションなかったら腰痛めてそう……。

あと、揺れが凄いのであっという間に酔った。

ディザークに言われた通り昼食を軽めに済ませて正解だった。

「サヤ、大丈夫か？　顔色が悪いぞ？」

「ヴェイン様はこの揺れ、なんともないんですか？　というか、リーゼさんとノーラさんも、なんで平気そうなんですか……」

クッションを抱え、かつクッションに埋まっているわたし以外の三人は平然とした様子で座席に座っている。

「この程度の揺れ、我にとってはそよ風だな」

……ああ、まあ、元がドラゴンだしなあ。

リーゼさんとノーラさんが苦笑する。

この二人もヴェイン様の正体を知っている。

わたしの護衛としてずっとついている以上、侍女や護衛の騎士数名といった信用の置ける者達には説明がされており、加えて他言しないよう制約魔法がかけられているそうだ。制約魔法がかかっていると、関連する情報などを話そうとすると声が出なくなったり、書こうとしても手が動かなくなったりするのだとか。

「これでも皇族が使用する馬車ですので、かなり揺れは少ないのですが……その、異世界では馬車はお使いではないのでしょうか？」

リーゼさんの問いに小さく首を振って答える。

「昔は使っていたみたいだけど、わたしが生まれた時には自動車っていう、馬が引かなくても自力で走る乗り物があって、それを運転して移動するのが普通だったの。道も大体平らだったし、自動車はこんなに揺れないから……」

街中と外とでこれほど揺れ具合が違うとは思わなかった。

結構な速度で走っているから余計に揺れるのだろうけれど、この差し迫った状況で「酔うからゆっくり走ってください」とは言えない。

しかも、これでも揺れが少ないというのだから、もうどうしようもないのだろう。

乗り物酔いでぐったりしているわたしを見て、ヴェイン様が「ふむ」と考える仕草をする。

「揺れるのが良くないのか？」

「そうですね……」

「それならば、これはどうだ？」

ヴェイン様が軽く指を振ると、体が僅かにふわりと浮き上がった。揺れを全く感じない。若干の浮遊感はあるものの、馬車のガタガタとした揺れよりはずっといい。

「あ、これかなりいいです」

座席に敷かれたクッションの一、二センチ上をずっとふわふわ浮いているが、馬車が揺れてもわたしは揺れない。

「そうか、では馬車の中ではこうしていてやろう」

「それは非常にありがたいですけど、魔力の減りとか大丈夫ですか？　これ、かなり魔力を消費しそうな魔法ですよね？」

「我はこの程度の魔法で魔力欠乏症になったりはせん」

ドヤ顔をされたが、素直に凄いと思った。

リーゼさんとノーラさんが拍手をしている。

「さすがはヴェイン様です」

「普通は出来ない」

……やっぱりそうなんだ。

しかも馬車が大きく揺れた時も上手く調整してくれているようで、浮き上がった体が天井や壁にぶつかることもなく、なかなか快適な状態だった。

「これなら吐かずに済みそうです。……すみません、ちょっと休んでもいいですか？」

「ああ、寝ていても問題ないぞ」

「ありがとうございます……」

クッションを抱え、膝を折り曲げて丸くなり、クッションに顔を埋《うず》める。旅をするからと化粧を断って良かった。そのままわたしは二時間ほど眠った。

リーゼさんに声をかけられて起きると、ヴェイン様が座席にわたしを下ろし、ノーラさんが手早くわたしの乱れた髪や衣装を整えてくれた。

それから、馬車の扉が開けられる。

「休憩時間だ」

「うん、分かった」

リーゼさん達が先に降り、最後にわたしが降りようとすると、ディザークがわたしの両脇に手を入れて降ろしてくれる。

……ああ、揺れない地面の安心感よ……！

「あそこの日陰まで歩けるか？」

「歩けるよ。ヴェイン様の魔法のおかげでなんとかなった」

「そうか」

ディザークがホッとした表情をしつつ、わたしの手を引いて、木陰にある切り株まで誘導する。

ハンカチを敷いてくれたのでそこに腰を下ろした。

視線を感じたので顔を動かせば、バッと騎士達が顔を逸らす。邪魔しちゃいけないってことかもしれないけど、そこまで露骨に目を背けなくてもいいと思うのだが。

リーゼさんが魔法で水を出してくれて、ディザークと共に水分補給をしつつ、エーベルスさんが騎士達とあれこれ話しているのを横目に見る。

エーベルスさんが視線に気付いたのか、こっちを見て、ひらひらと手を振ってきたので振り返す。

……エーベルスさんってわたしのことはあんまり信用してない感じだよね。

ディザークが決めた婚約者だから対応するけど、わたしに気を許すとか重要な話をするとか、そういうことは多分ないだろう。いつ見ても同じ愛想笑いしてることからも分かる。それに対してわたしがどうこうするつもりはないが。

ディザークの副官といっても普段はそれほど関わりもないし、向こうもわたしと親しくなりたい感じではないし、必要最低限の付き合いである。

「ディザークは立ってて疲れない？」

「ああ、このほうがいい。座ると疲れが出て動きたくなくなる」

「あー、疲れてる時に座ると根っこが生えちゃうよね」

ディザークがわたしの言葉にふっと笑った。

「確かに、根が生えたように動けなくなる。これから日が沈む少し前まで走ることになる。今日は宿に泊まれるが、明日は野営になる」

野営については事前に聞いているので問題はない。

「了解。野営はわたしも手伝ったほうがいい？」

「サヤは動くな。森の中は小型の魔物が出る。特によく出るのはツノが長いウサギの魔物で、見た目は可愛いが凶暴な上に近づいたものをとにかくツノで突き殺す習性がある。魔物狩り初心者がこれで死ぬことが多いので『キラーラビット』と呼ばれている」

「何それ怖っ」

ウサギなのに全然可愛くなさそうな生き物である。

……一人でうろつくのはやめておこう。

障壁魔法もあるので、もしそのキラーラビットと出会ってもなんとかなるだろうけれど、そういった魔物がいる森の中を散策したいとは思えなかった。

「だが、キラーラビットのツノと毛皮はよく売れる。ツノは工芸品になるし、毛皮は平民にとって冬を越す必需品と言われている」

「迷惑なんだか、ありがたいんだか、分からない存在だね」

「そうだな」

ディザークと話しているとエーベルスさんが近づいて来た。

「ご歓談中失礼します。兵士達も馬もそれほど疲労はしていないようです。先行部隊からの報告でも、まだ魔物に遭遇しておらず、このまま問題なく進めそうですよ」

「分かった。予定通り休憩した後、出発する」

「かしこまりました」

エーベルスさんと目が合い、ニコリと微笑まれたのでわたしも微笑み返しておく。相変わらずの愛想笑いだった。

「食欲はありそうか？」

「うーん、ちょっとお腹空いたかも？」

わたしの返事にそっとリーゼさんが近づき、ディザークに小さな袋を差し出した。ディザークがそれを受け取り、袋を開けて確認してからわたしへ渡してくる。

袋の中には干した果物らしきものが入っている。しっかり干されているけれど、一つ出してみると少し固く、けれど弾力もそれなりにあって甘い匂いがした。一口かじる。

……大きいレーズン、みたいな？

干した果物は噛めば噛むほど甘さと果物本来のほのかな酸味を感じる。ちょっとクセはあるが美味しい。

一つ一つが結構大きいので、ちびりちびりとかじっていると、膝に置いていた袋からディザークも干し果物を一つ取り、同じようにかじり始めた。

なんとなくヴェイン様とリーゼさん、ノーラさんにも二つずつ渡し、みんなで干し果物をかじって過ごす。

「む、これは初めて食す味だ。……種は入っていないのだな？」

「これはデルツと言って、食用に人が育てたものだから種がない。本来、野生のデルツは大きな種があり、味ももっと酸味が強く、甘みが少ない」

「ふむ、人の手で変わった果物か。口寂しい時は丁度良さそうだな。ほどよく甘いから、いくらでも食べられそうだ」

……ヴェイン様の場合、元はドラゴンだから本当に沢山食べられそうだなあ。

わたしは袋からもう二つ取り出し、残りはヴェイン様へあげることにした。手元に残ったデルツの一つはディザークに、もう一つはわたしが食べる。ヴェイン様は嬉しそうだ。

長身美形のヴェイン様の嬉しそうな笑顔に、騎士達の視線が少し集まっていたが、当の本人は全く気にしていない様子である。

「サヤ様、ディザーク様、お水のおかわりはいかがですか？」

リーゼさんに問われてわたし達は頷いた。

「お願いします」

「ああ、頼む」

その後、休憩を終えたらまた馬車の旅の再開だ。

わたしは馬車の中でヴェイン様に浮かせてもらっていたが、ヴェイン様はその間もずっとデルツをかじっていた。

＊　＊　＊　＊　＊

そうして夕方、日が沈む少し前にとある街に到着した。

この街は皇帝家直轄領だそうで、既に事前に通達されていたらしく、街へ入るとそのまま領主代行の館《やかた》へ受け入れてもらえた。

領主代行の壮年の男性はディザークとわたしを歓迎し、夕食に招待してくれた。

「ようこそ、ディザーク様、聖女様。この街もリディアンの街とは商人の行き来が多いので、討伐部隊の遠征を決定していただき、本当にありがとうございます」

もしリディアンの街が魔物によって潰されたら、この街まで魔物が押し寄せてくる可能性もある。

だからこそ、この討伐部隊への期待も高い。

食事をしながらディザークが返事をする。

「決定を下したのは陛下であり、俺は命令に従っているだけだ」

「そういうところは相変わらずですね」

ディザークの素っ気ない態度にも朗らかに笑う領主代行を不思議に思っていると、なんと、領主代行は元々ディザークの家庭教師の一人だったらしい。

「昔のディザークはどんな子だったのでしょうか？」

バルトルド様の離宮に行った際にも訊いたけれど、すぐにディザークに止められたので気になっていた。バルトルド様いわく『融通の利かない子だった』ということであったが。

わたしの問いに領主代行は笑った。

「昔からディザーク殿下は真面目で、剣や魔法の訓練に熱心で、もちろん勉強もきちんとする良い生徒でした。でも少し態度が素っ気なくて、当初は殿下に嫌われているのだと勘違いしておりました」

「……本当に嫌なら辞めさせている」

「と、まあ、このような方ですので」

おどけた様子で軽く肩を竦める領主代行に、わたしも笑ってしまった。

子供の頃から変わらず、どこか素っ気なくて、ちょっと威圧的で、頑固で、でもとても真面目だったのだろう。このまま小さくなったディザークもそれはそれで可愛いと想像してしまう。

そんな風に夕食の席は終始、和やかな雰囲気だった。

当てがわれた部屋はディザークと隣り合っているけれど、部屋同士は繋がっておらず、まだ結婚していないわたし達への気遣いと配慮が感じられた。

夕食後、ディザークに部屋まで送ってもらい、リーゼさんとノーラさんに手伝ってもらって入浴を済ませる。侍女やメイドに世話をしてもらうことにも少し慣れた気がする。

ヴェイン様は、夜はディザークの部屋のほうで休む。

ディザークの部屋もわたしの部屋も、扉の前に警備の者達がいて、人が近寄らないように目を光らせてくれている。

……あーあ、なんか実感が湧かないなあ。

魔物討伐といっても、わたしは魔物を見たことがない。

だからなのか、討伐遠征と聞いてもそれがどれくらい危険なのかも分からないし、ディザークも討伐の前線にわたしを連れ出すことはないと言う。

なんだか寝付けなくてローブを着てバルコニーへ出れば、綺麗な星空が広がっていた。今日はどうやら月のない日らしい。

……この世界は星が凄く綺麗……。

ぼんやり夜空を眺めていると、隣のバルコニーの扉が開き、ディザークが顔を覗かせた。

「やはりサヤだったか。……眠れないのか？」

「うん、ちょっとね」

バルコニーに出たディザークがわたしの部屋のほうに近づいて来たので、わたしからも近づく。

バルコニーの間の距離は五十センチくらいで、静かな夜ならば大きな声を出さなくても問題なく会話が出来そうだ。

「ディザークも眠れないの？」

「俺は先ほどまでアルノーから部隊の報告を受けていた」

「そうなんだ……」

何か話したいけれど、会話が続かない。ディザークと過ごす日々の中では沈黙の時もあるけれど、今はお喋りをしたい気分だった。

「リディアンの街の周りにいる魔物って、どういうのがいるのかな？　やっぱり、基本は森の動物に似た魔物？」

「大体はそうらしい。ブラックベアーやライトニングディアー、ジャイアントボアなど、森の魔物の中でもなかなかに強い魔物達が目撃されているらしい」

わたしのお喋りにディザークは付き合ってくれるみたいだ。

ブラックベアーは真っ黒な毛並みの熊の魔物だが、巨体で爪が鋭く、大きな個体ほど実は素早いのだとか。爪、牙、突進の攻撃に注意。特に風魔法を使った爪の斬撃は危険で、毛皮と爪が素材になる。

ライトニングディアーは大きな鹿の魔物で、ツノも大きく、雷を操ることが出来るそうだ。雷はそれほど強くないそうで、浴びても体がしばらく痺れる程度だが、痺れている間に踏み潰されたり蹴られたり、ツノで突き上げられたりする。ツノと毛皮、蹄が素材になる。ツノと蹄は薬の材料になるらしい。

ジャイアントボアは赤黒い大きな猪の魔物で、突進と土魔法が使える。足元を土魔法で泥まみれにされる上、体勢を崩したところに突進してくる。体を丸めて物凄い速度で転がってくることもあるらしい。……それは猪なのだろうか？　牙と毛皮が素材になる。

「ディザークはその魔物達と戦ったことはある？」

「数は少ないが経験はある。どれも毛皮が頑丈で、普通の剣では通りにくい。だが討伐部隊に支給されている剣は全てに強化魔法が付与してあるから、切れないということはないだろう」

わたしとディザークはお互いのバルコニーの柵に寄りかかって話をする。こうして夜、寝る前に話すのは初めてだ。二人でお喋りをしていると、あっという間に時間が過ぎる。

一時間ほどそうして過ごしていたら、ふあ、と欠伸《あくび》が漏れた。

それを見てディザークがふっと微笑む。

「そろそろ眠れそうか？」

「うん、いい感じに眠くなってきたかも……」

「そうか。では、また明日」

ディザークも部屋へ戻るらしい。

「また明日。おやすみ、ディザーク」

「ああ、良い夢を」

バルコニーから室内へ戻り、ローブを脱いでベッドにぼふりと倒れ込む。

……うん、よく眠れそう……。

また明日も一日、馬車の旅だ。

＊　＊　＊　＊　＊

翌日、わたし達は領主代行に見送られて街を出発した。

「是非、またお越しください。……昔のディザーク様のことで、お聞かせしたいお話が沢山ございますので」

と出発直前に領主代行に耳打ちされた。

その時の領主代行が悪戯《いたずら》っ子みたいに少しおかしそうに笑うので、きっと、子供の頃のディザークの失敗談なんかも知っているのかもしれない。

「はい、次は討伐遠征ではなく、旅行で訪れたいです」

「いつでもお待ちしております」

エーベルスさんと話を終えたディザークは、笑い合っているわたし達を見て不思議そうにしていた。

そして、また馬車に乗って街道を走り続ける。

ヴェイン様の魔法でふわふわと浮かせてもらいながら質問をする。

「ヴェイン様はドラゴンですよね？」

「うむ、我は誇り高きドラゴンである」

「ドラゴンと魔物の違いってなんですか？」

わたしからするとドラゴンも魔物の一種のように感じるのだが、ヴェイン様いわく「ドラゴンは魔物ではない」のだとか。

「サヤは異世界の者ゆえ、その辺りが分からんか」

そうしてヴェイン様は説明してくれた。

まず、この世界は神様によって生み出された。

ドラゴンとはこの神様の力が具現化した存在であり、神の子と表現するのが一番相応《ふさわ》しく、人とも動物とも魔物とも似て非なる存在なのだとか。

「この世界に最初に存在したのが我らドラゴンである」

「……我ら？」

「そうだ。人間達は聖竜というと我を想像するようだが、ドラゴンは複数いた。我の兄弟みたいなものだ」

……兄弟いたんだ……。

「まあ、聖竜様が複数いらっしゃるなんて……」

「……驚愕の事実……」

これにはリーゼさんとノーラさんも驚いていた。

最初はヴェイン様達ドラゴンしかいなかった世界だが、次に神様は動物を作り、人間を作った。

一方、魔物は神様の作り出した生き物ではないのだとか。

「当初、世界はもっと濃い魔力に包まれていた。その魔力が溜まり、澱《よど》み、そこにいた動物が魔力を帯びて変化したのが魔物である。今は魔力の均衡が保たれているおかげで、魔物の発生は抑えられているが」

「んん？　おかしくない？　発生が抑えられているのに魔物はいるよね？」

「昔に比べたらという話だ。それに魔物が全て消えてしまえば、人間界の魔力濃度が逆に薄まりすぎてしまう。それを防ぐために精霊界で発生した魔物は人間界へ送られる」

「待って待って、精霊界って何？　どこの話？」

ヴェイン様が言うには、この世界には人間界と精霊界という二つの空間が存在していて、現状、魔物は魔力濃度の濃い精霊界で発生し、人間界へ落とされる。人間が魔法を使い、自分や世界の魔力を消費すると人間界の魔力濃度が減るので、それを補う目的があるそうだ。

だから、魔物は死ぬと素材以外の肉体は魔力として還り、人間界の魔力と溶け合って世界の均衡を保つことになる。

「魔物にはそのような役割があったのですね……」

「……知らなかった……」

リーゼさんとノーラさんも呆然としていた。

わたしもヴェイン様の話には驚いた。

神様もそうだが、精霊界なんて本当にファンタジーな話だ。特に世界の魔力濃度を保つために魔物が存在するというのは面白い話であった。

そんな話をしているうちに昼休憩となった。

馬車が停まり、外から扉が開けられてディザークが顔を覗かせる。

「昼食だが、具合はどうだ？」

「大丈夫だよ」

またディザークがわたしを馬車から降ろした。

ノーラさんが木陰に布を敷いてくれて、そこにディザークと腰を下ろす。ヴェイン様はそばの木に寄りかかった。

リーゼさんが水と包みを持って来る。

「昼食をどうぞ」

ディザークが受け取り、膝の上で包みを広げた。

中身は丸パンとチーズ、干し肉だった。

ディザークがナイフを取り出し、パンを輪切りにし、チーズと干し肉も適当な大きさに切って、輪切りにしたパンに干し肉とチーズを載せて渡してくれる。パンは皿代わりらしい。

「ありがとう」

受け取って、まずは干し肉をかじってみた。塩気が強い上に噛み続けていくと結構脂っこい。味は多分美味しいのだろうが、ちょっと塩からい。

チーズは少し軟らかく、干し肉と一緒に食べると塩気を和らげてくれた。ついでにちぎったパンも口に放り込む。パンは時間が経っているからか表面がパリパリだった。

いつまでも口の中からなくならないそれらを水で流し込む。

「討伐遠征の時っていつもこういう食事だったりする？」

「ああ、大体はこれだな。野営が続くこともあるから、昼食は日持ちするもので簡単に済ませてしまう。夜はスープを作ったりするのでもっとマシだが」

「遠征って大変なんだね……」

それ以降は食事に集中する。

ヴェイン様は干し肉をそのまま豪快にかじっていて、さすがドラゴン、と感心した。かなり固いのによく噛み切れるものだ。

なんとか食べ終わった後に水を飲んで胃を落ち着ける。

……固いものばっかりで消化できるかな。

つい胃の辺りをさすってしまう。

ディザークは慣れているからか、少し離れたところでもうエーベルスさん達と道の確認や部隊の様子について話し合っている。

しばらくして戻って来たディザークが話の内容を教えてくれた。

「ここから先は魔物が出る可能性が高い。サヤは何があっても馬車から出ないように」

「思ったんだけど、ヴェイン様がいても魔物って近寄ってくるの？　ドラゴンがいるなら怯えて逃げない？」

ヒソヒソと小声で話しているとヴェイン様が首を横に振った。

「今の我は人間にしては少々魔力が多いくらいに抑えている。そうしなければ魔力を持つ者に悟られてしまうからな。サヤも我と初めて会った時、何か感じなかったか？」

「そういえば、肌がピリピリしました」

「そういうことだ。今は完全に人間に擬態している。だから魔物は我の存在に気付かない」

……正体を隠すために魔力も抑えているとは。

昼休憩を終えて、馬車に戻る。

これから戦闘を行うことになるかもしれないと分かっているからか、騎士達もどこか緊張しているようだった。

結局、昼休憩後はずっと馬車に乗って過ごしたが、その間に二度ほど馬車が停まったことがあった。恐らく魔物が出て来たのだろう。それでもまた走り出したのだから、特に被害もなく倒せたのだと思うことにした。

夕方、日が沈む前に今日の野営地に到着した。

ただ、野営の準備が出来るまでわたしは馬車の中で待機するようにと言われてしまった。

確かに外に出たとしても手伝いすら出来ないので、待つ。

みんなが慌ただしく野営の準備をする様子を窓から眺めるのは面白い。わたしがジッと見ているせいか、こちらを気にする者もいれば、気付かないふりが上手い人もいて、でもみんな頑《かたく》なにわたしのほうへは振り向かない。

皇弟の婚約者である新しい聖女にどう接していいか迷っているのか、それとも単に関わりたくないのか。どちらにしてもおかげさまでわたしは暇人である。

……わたしには出るなって言っておいて、ディザークはちゃっかり野営の準備を手伝ってるし。皇弟が一般兵に交じって野営の準備をするのは、この世界では普通のことなのだろうか。ディザークは随分と手慣れている。周りの者達も慣れた様子だ。

きっと、ディザークが部隊を率いて討伐に向かう時はいつもこのような感じなのだろうな、と想像がつく。

頬杖をつきながらディザークを眺める。

気付くとヴェイン様もわたしの向かいの席に座り、窓枠に肘をついて外を眺めていた。

二人分の視線を受け、ディザークが近づいて来る。

「もう少しで夕食だから待て」

「いや、別に食事の催促をしてたわけじゃないんだけど……」

「冗談だ」

ふっとディザークがおかしそうに笑ったので、その頭に手を伸ばしてわしゃわしゃと髪をかき乱してやった。やられたほうのディザークは驚いた顔をして、それから、乱れた前髪を掻き上げて苦笑する。

「俺にこんなことをするのはお前くらいのものだ」

……そりゃあ皇弟だからね。

ディザークは大体の手伝いを終えたらしくそのまま馬車のそばにいたので、昼間ヴェインン様から聞いた話を伝えてみた。

特にドラゴンが実は複数いることと、魔物の発生は世界の魔力均衡を保つためだということには驚いたらしく、ディザークは眉根を寄せて、思案していた。

「……魔物の件も驚きだが、聖竜が他にもいるのか」

「他国もドラゴンの庇護を受けるようになったらまずいよね？」

「もしその国が、我が国に宣戦布告してきたら最悪だな」

ディザークの言葉にヴェイン様が答えた。

「今のところ、その心配はないぞ。人間界にいるのは我と弟だけだ。だが、弟は少々問題児で、北の最も高い雪山に封じてある」

「一応訊くが、それはいつの話だ？」

「二千年は前のことだ。人間に少し宝石を盗まれたくらいで国を滅ぼそうとし、なんとか抑えたが、それでも暴れるので少し頭を冷やさせようと思ってな。時間が経てばあやつも落ち着くだろう」

……いやいや、色々な意味でドラゴンの感覚おかしいよ！

話を聞いているディザークの眉間のしわが凄い。

宝石を盗まれて世界を滅ぼそうとしたってだけでも突っ込みどころ満載なのに、頭を冷やさせるために二千年も封じるというのはどういうことなのだろうか。

ディザークが何かに気付いたような顔をする。

「神殿の讃美歌に『古《いにしえ》の時、聖竜の逆鱗に触れし者達、塵《ちり》となりし』という一節があるが、それのことか？」

「そうかもしれん。弟は火を最も得意とするドラゴンで、当時、確かにこの帝国と同程度の広さの土地が焦土と化した」

ディザークが額に手を当てて溜め息を吐く。

「ヴェイン以外にドラゴンが存在することを、兄上に伝えてもいいか？」

「うむ、構わんぞ」

そうしているとエーベルスさんが近づいてくる。

「ディザーク様、聖女様、夕食が出来ましたよ」

その手には木製のお盆があった。お盆の上には、やはり木製の器と黒い塊、チーズが二つずつ載っていた。エーベルスさんの後ろには別の騎士もおり、そちらのお盆にはそれらが三つずつ、ギュウギュウに載せられている。

後ろの騎士はそのお盆を控えていたリーゼさんに手渡した。

エーベルスさんもお盆をディザークに渡すと「ごゆっくり」とだけ言い、一緒に来た騎士の背中を軽く叩いて共に焚き火のほうへ戻って行った。

「とりあえず食事をしてしまおう」

ディザークの提案に全員が頷いた。

ヴェイン様が馬車から降りて、代わりにディザークが乗る。扉も窓も開け放したままだし、すぐそばにリーゼさん、ノーラさん、ヴェイン様がいるので密室に二人きりという状況にもならない。

わたしの向かいにディザークが座り、お盆を膝の上に置いて軽く持ち上げると、木製のお盆が一枚残った。どうやらお盆は二枚重ねてあったらしい。その一枚を渡されたので膝の上に置く。

渡された器の中には干し肉と野菜を煮たと思われるスープが入っていた。チーズと黒い塊ももらう。黒い塊はパンらしいのだが、固くて割れないし、かじりついても歯が負けそうだ。

「これ、どうやって食べるの？」

「スープに浸して、軟らかくなった部分から掬って食べる」

「なるほど」

ディザークが黒い塊をスープに入れたので、わたしも真似てスープへ入れた。こんなカチカチなものが軟らかくなるのだろうかと疑問に感じつつ、木製のスプーンでつつく。

「黒パンは初めてか？」

「うん、凄く固いね」

「これは日持ちさせることを優先したものだからな。遠征時には食料を調達できないこともある。食べるものがないよりはいいと思うしかない」

遠征で街や村から離れてしまうこともあるし、村があっても部隊の分を確保できるほどの食料がそこにないという場合もある。むしろ、小さな村ではどこもそうなのだとか。

そういうわけで、遠征時はある程度食料を持って行き、途中の大きな街などで追加購入するといった感じらしい。

日持ちがするもので、嵩張《かさば》らず、空腹を満たせる食糧というのが干し肉、チーズ、そしてこの黒パンとのことだった。

「遠征費用も安くはない。年に何度も繰り返せば国庫を圧迫してしまう。一回の遠征費用を考えると、どうしても削らなければいけないところが出てしまう。しかし武器や防具の費用は抑えられない」

「結果的に食事が簡素になっちゃったってわけかあ」

これから魔物を討伐するという危険な任務に赴くのに、移動で体力を使い、こういった食事しか摂れないとなると討伐部隊の士気にも影響が出そうである。

「なんとかしたいとは思うが、金にも限りがある」

帝国でこれなら、他国の懐事情はもっと大変だろう。

どの国も聖女や聖人を欲しがるのは単に聖障儀への魔力充塡が出来るからではなく、聖障儀によって障壁を常に張り、街や村を魔物から守ることで、魔物討伐のために軍を動かす回数を減らしたいからなのかもしれない。

話している間に黒パンがスープを吸ってふやけた。

軟らかい部分だけスプーンで掬い、食べてみる。

かなり香ばしくて味が濃い。少し酸味もある。美味しいかと言われたら首を傾げてしまうが、食べられなくはない。ただ、食べたことのない味だ。

「不思議な味のパンだね」

「遠征用の黒パンは普通のものより固めに焼かれている。本来の黒パンはもう少し軟らかく、チーズと干し肉がよく合うんだ」

ディザークがナイフでチーズをスライスして、わたしと自分の黒パンに載せ、小さな火魔法でチーズを炙《あぶ》る。溶けたチーズが黒パンを覆った。

チーズと一緒に口へ入れると、先ほどより食べやすい。

チラリと外へ視線を向けてみればヴェイン様が黒パンをそのままバリバリ食べていて、リーゼさんが苦笑していたが、ノーラさんは若干引いていた。見なかったことにした。

「予定通りにリディアンの街に着きそう？」

「ああ、この速度なら予定通りに行けるだろう。到着後は街の責任者に会いに行くが、それ以降は別行動になる。サヤは聖障儀への魔力充塡と怪我人の治療を、俺は街の外へ出て魔物討伐の指揮を執る」

「分かった」

食べ終わった食器をリーゼさんが片付けてくれて、わたしはまた少し離れたところにある焚き火を馬車の中から眺める。

わたし達が食事を終えたのを見るとエーベルスさんと数名の騎士達が来て、ディザークと明日以降のことについて話していたが、小一時間ほど経っても、どうにも話がまとまらない。

「リディアンの街に少しでも早く到着することを目指すべきです」

「貴殿の言いたいことは分かりますが、魔物のいる場所を無理に突っ切って、後ろから攻撃されたら部隊が崩れてしまいます」

「しかし、その間に街が魔物達に襲われては我々が向かっている意味がないでしょう。そのまま街へ入って態勢を立て直せばいいではありませんか」

「もし魔物が側面から襲って来たら、部隊が分断されかねないのに!? これまで通り魔物を討伐しながら進むべきです！」

「それでは部隊の者達が体力を消耗してしまいますよ。道中戦いすぎて、街に到着したのに『戦う体力がない』となったらどうするのですか」

意見は二つに分かれているようで、『討伐しながら街に向かうことで周辺の魔物数を減らし、安全を確保しつつ進む派』と『魔物達を無視して体力を温存しつつ、街に到着することを最優先にする派』とで揉めているようだ。この先は魔物も増えるようなので、どちらの言い分も分かる。

ディザークとエーベルスさんも双方の意見を聞いている。

……でも、決めかねているって感じではなさそうかも？

ディザークは両方の意見を聞き、妥協案がないか考えているようで、エーベルスさんはそれを静かに待っている。

けれども、言い合っている人々はどちらも自分の意見こそが正しいと信じて疑わないらしく、議論と言うには随分とピリピリした空気が漂っていた。

……これ、いつまで続くんだろう。

そばで話し合いをするのは構わないが、段々と両方の声が大きくなって雰囲気も悪いし、視線も集中していて居心地が悪い。周りの騎士達もお喋りをやめて事の成り行きを見守っている。

ここでわたしが口を出すのは余計なお世話かもしれないが。

「あの、少しよろしいでしょうか」

一気にわたしへ周りの視線が突き刺さる。

「なんだ、サヤ」

「わたしの意見をお話ししても？」

「ああ、許そう」

ディザークから許可を得たからか、他の人達が言い合いをやめる。わたしの話を聞いてくれるようだ。

「先ほどから聞いておりましたが、要は『魔物達を倒しつつ最速で街へ到着する案』があればいいんですよね？」

対立している両方を見れば、頷き返される。

これも結局は強硬手段にはなるけれど……。

「それでしたら、わたしが部隊全体を障壁で覆い、ディザーク殿下かヴェイン様がその外側に風魔法の刃《やいば》を常時展開させて、その状態で進むのはどうでしょう？　リディアンの街が魔物に襲われていることは前の街でも広まっていて、ここまでの道中に人はいませんでした。少々荒っぽいですが、街道に人気《ひとけ》がないなら、障壁と風の刃で近づく魔物をある程度討伐しながら前進するのです」

何故か、全員がまじまじとわたしの顔を見る。

ヴェイン様が唐突に弾けるような笑い声を上げた。

「はっはっはっはっは！　実に荒っぽく愉快な策だな！」

「風の刃を展開し続けるのは難しいですか？」

「いや、我ならば苦もなく出来るぞ。グレイウルフ程度の魔物ならば、触れた瞬間バラバラになるくらいの威力も維持できる。サヤは障壁を維持し続けられるのか？」

「この規模なら三時間くらいは障壁を張っていられると思います。それ以上は休憩を挟みつつになってしまいますけど……」

シンと場が静まり返り、ディザークやエーベルスさんを含め、その場にいる人々が互いに顔を見合わせた。

そしてディザークが声をかける。

「サヤの案に反対の者はいるか？」

誰からも反対意見は出なかった。

ディザークが口角を引き上げる。

「では、サヤが障壁で部隊を包み、その外側に俺が風の刃を展開させる。サヤの疲労状況にもよるが、問題がなければ三時間に一度休憩を挟みつつ進む。場合によってはヴェインに魔法を頼むことにもなるだろう」

「我は構わん」

ディザークが風魔法を使用するのは、馬車の中にいるわたし達より、外にいるディザークが周囲の状況を確認しながらのほうがいいからだろう。

先ほどまで言い合っていた人々も納得したのか頷いている。

「あ」

「どうした？」

声を漏らしたわたしにディザークが首を傾げる。

「えっと、この方法だと魔物を倒しても素材とか魔石とか、回収は出来ないかもなあ、なんて……」

ディザークが目を瞬かせ、そして小さく噴き出した。

予想外のことを聞いたというふうだった。

「どうせ、風の刃で死ぬのはキラーラビットやグレイウルフのような弱い魔物だ。そういった魔物の素材や魔石は大したものではない。回収しなくとも問題はないだろう」

「良かった」

魔物の素材にどれほどの価値があるのか分からないので、素材などを放置していくことに不満が出るかもと思ったが、そうでもないようだ。

話がまとまり、落ち着いたことで場の空気も穏やかになる。

それにホッとしていると、先ほどまで言い合っていた人達に声をかけられた。

「聖女様、先ほどは大変な失礼をいたしました」

「騒ぎを起こしてしまい、申し訳ありません」

お互いにヒートアップしていた自覚はあるらしい。

「いえ、わたしのことは気にしないでください。でも、あなた方が対立したり、関係が悪くなったりすると部隊の方々にも影響が出てしまうかと。お二人の意見はどちらも間違っていないと思いますが、『話し合い』と『正論の殴り合い』は違うと思います」

……上の人が喧嘩してたら周りは気まずいし不安になるよね。

「……はい。以後、気を付けます」

「大人気ないところをお見せしてしまいました」

もう一度謝罪をして、彼らは馬車から離れて行った。

ディザークの視線を感じて顔を戻せば、目が合う。

「……余計なお世話だった？」

「いや、良い案を出してくれて礼を言う。先行部隊から、この先より魔物の数が増えているとの報告があったが、これならば予定通り到着できるだろう」

ディザークはまだ用事があるそうで、わたしは先に休むことにした。聖女の髪飾りを外してもらい、座席に横になる。広い馬車なのでそれほど窮屈さは感じなかった。

馬車の外にヴェイン様とリーゼさんがいて、馬車の中にはノーラさんとわたしがいる。リーゼさんとノーラさんは交代で仮眠を取るそうだ。

ヴェイン様は「元より我は睡眠など必要ない」とのことで、暇潰しと人間の生活に合わせるために眠っているだけらしい。遠征に出てから驚かされてばかりである。

……明日からはわたしも頑張ろう。

＊　＊　＊　＊　＊

翌日、朝食は昨日の夕食と同じものを食べた。

出発の準備が調ったところで、わたしとディザークの出番である。

「まずは我が探索魔法で部隊の配置と規模を把握し、サヤに伝達する。サヤはそれを覆うように障壁を張るのだ」

「分かりました」

馬車の中で、わたしの額に触れながらヴェイン様が探索魔法を使用すると、頭の中に周囲の景色が浮かび、部隊全体の様子が見えた。

それに合わせてわたしも障壁魔法を展開させる。

これほど大きく広げるのは初めてだが、魔力量の消費が増えるだけで、障壁の張り方は同じである。向かいの座席ではリーゼさんとノーラさんが心配そうにわたしを見つめている。

障壁魔法はわたしの意図した通り、部隊全体を包むように綺麗に広がってくれた。

一応、上は馬の頭の高さから二メートル、前方と後方は三メートルずつ、横は街道の幅を考えて一メートルほど余分に広さを確保した。もしかしたら横は風の刃を展開させると木々に当たるかもしれない。

外からディザークが声をかけてくる。

「障壁は上手く展開できたようだ」

「ディザークよ、少し頭を貸せ。探索魔法の結果をおぬしにも共有する」

ヴェイン様の言葉にディザークが馬車に馬を寄せ、頭を近づけると、ヴェイン様がその額に手を翳す。

「……なるほど、これはありがたい」

姿勢を戻したディザークが魔法の詠唱を行う。ややあって障壁の外に風が吹き荒れたが、内と外とを障壁が隔てているおかげで中に影響はなかった。

ディザークが手を振り、前進の合図に笛が鳴る。部隊が動き出すのと同時にヴェイン様がわたしを浮かせてくれたので、障壁を維持することに集中できた。

馬車の中でただ揺られている三時間と障壁を張り続けている三時間とでは時間の流れが違う。気付けば、あっという間に一度目の休憩時間になった。

外から笛の音がして、馬車が停まり、ヴェイン様がわたしを座席へ下ろす。しばらくして外から声をかけられた。

「サヤ、昼休憩だ。周辺に魔物はあまりいないようだから、障壁を解除しても問題ない」

頷きつつ魔法を解除すると、ノーラさんが瓶を差し出してきた。

「えっと、これは……？」

「魔力回復薬です」

青い小瓶の中には液体が入っているようだ。受け取るとリーゼさんがキュポンとわたしの持つ瓶からコルクを抜く。

「ささ、一気にお飲みください。味はあまり良くないですが、飲むとすぐに魔力が回復しますので、ぐぐ～っとどうぞ」

言われて、瓶に顔を寄せると漢方薬みたいな臭いがした。

う、と尻込みしていると、リーゼさんとノーラさんがジッと見つめてくる。圧をかけられているような……。薬だから苦かったとしても仕方がない。

覚悟を決めて中の液体を一気に飲み干す。

凄く濃く煮出した渋みと苦みのある紅茶にたっぷりの砂糖を入れたような味だった。胃に結構重い液体が入るような感覚があり、けれどもそれはすぐに消えて、体の中の減った分の魔力が戻ってくるのが分かった。

この魔力回復薬は体内の魔力生成の能力を上げるというより、ハイカロリーで吸収力抜群の液体を無理やり魔力に変換させているような気がした。

元の世界の栄養ドリンクを物凄く濃縮させたらこんな風になるのかもしれない。

「……うわあ、とんでもなく体に悪そうな感じがする……」

「はい、魔力回復薬は日に三本以上の使用が禁止されております。こちらの魔力回復薬の持続時間は五時間ですので、午後も問題なく魔法が使用できると思います」

「五時間、この満腹感が続くのかあ……」

昼休憩なのに全く食欲が湧かない。

だからといって満腹で苦しい感じとも違う。

外からディザークが馬車の扉を開け、わたしの顔を見て、何かに気付いた様子で手を差し伸べてきた。

「満腹感でつらい時は軽く体を動かすとマシになる」

「ディザークもこれ、飲んだことがあるんだね……」

「強い魔物の討伐でたまにな。それに、俺も今飲んだところだ」

馬車から降ろしてもらい、両手を空へ上げて背筋を伸ばし、そのまま左右に体を倒す。体は軽いが、胃に違和感があって落ち着かない。

軽くストレッチをすると確かに少し満腹感がマシになる。

ディザークと二人で適当な切り株に腰掛け、他の人達が昼食を摂っているのを眺める。微塵《みじん》も食欲を感じないところがなんだか怖い。

「魔法を使えば太らないけど、魔法を使うためにハイカロリーなものを入れてたら結果的に太りそう。……魔力消費できることない？」

「ないな」

「ヴェイン様、魔力要りません？　今ならタダであげます」

「今は要らん」

あっさり断られ、わたしは思わず唸《うな》ってしまった。魔力が体に満ちていて落ち着かない。元気があり余っている子供もこんな感じなのだろうか。

しばらく経つとエーベルスさんがやって来た。

「ディザーク様、聖女様、お疲れ様です」

「ああ。……何か問題でもあったか？」

ディザークがエーベルスさんの顔を見て、そう返す。

わたしにはいつもの愛想笑いに見えるが、ディザークには何か感じるところがあったようだ。

「問題というほどではないと言いますか、障壁の外に風の刃を展開したおかげで近づく魔物は全部討伐できているんですが……」

「が？」

「目の前で魔物が細切れになる様子を見た部隊員の何人かが、食欲が湧かないと呟いておりました」

エーベルスさんの話を聞いて想像したところで、思わず「あー……」と声が漏れた。

わたしは馬車の中にいるので見えないが、近づいた魔物が風の刃でスプラッター状態になるのを部隊の人達は障壁越しに見ることになる。

……そこまで考えてなかったなあ。

「えっと、すみません……」

「いえいえ、聖女様が謝るようなことではありません。そう言っているのは新人なので、今回の件で良い経験となるでしょう」

ディザークはそれについて気にした様子はない。

「夕方までには慣れて食事も摂れるようになるだろう。血が苦手などと言っていては、魔物の討伐は到底務まらんぞ」

という感じで、むしろ少し呆れているふうだった。

エーベルスさんも「ですよね」と頷いている。

……討伐部隊、結構過酷そうだなあ。

一時間ほど昼休憩を取った後、午後の移動を始めたのだが、魔法を使える状況が嬉しいと一番感じたのは、きっと後にも先にもこの時だっただろう。魔力が満ちすぎても良くないのだということを今回は学べた。

だが、魔力回復薬のおかげで強化した障壁を張ることが出来た。

「風の刃でも死なかった魔物もおりましたが、障壁に阻まれていたので簡単に討伐できましたよ」

と夕方の報告でエーベルスさんの報告を受けた。

障壁越しに数人で剣を突き刺して討伐したのだとか。

「明日もよろしくお願いします」

そう言ったエーベルスさんの笑顔は珍しく愛想笑いではないようだった。

第4章　魔物討伐

それから、わたしとディザークが魔法を使用し、たまに休息を取れるようにヴェイン様が代わってくれたこともあり、予定通り帝都から出発して四日目にリディアンの街へ到着した。

先行部隊がきちんと伝えていたようで、討伐部隊が街に着くと即座に門が下ろされ、そのまますぐわたし達は街へ入ることが出来た。

リディアンの街は外側に深い堀があって、更に高い外壁が街の外と内とを隔てていることで魔物の侵入を防いでいる。外壁の上では兵士達が周辺を監視しており、何かあれば即座に鐘を打ち鳴らして報せるのだとか。

わたし達が到着するとリディアンの街の統括が現れた。

「この街の統括を務めております、ヴィム・モルトケと申します。この度は討伐のために来ていただき、まことに、まことにありがとうございます……！」

小太りの男性はまるで神様にでも会ったかのように、わたし達の前で膝をついて感謝の言葉を繰り返す。

「聖障儀の魔力ももうすぐ底をつきそうで、兵達も連日の魔物との戦いで疲れ果て、このままではあと数日保《も》つかといったところでして……」

本当にもうギリギリのところだったらしい。

膝をついたまま泣きそうになっている統括の肩にディザークが触れて、立つよう促す。

「我々が魔物の討伐を行う。こちらの聖女が兵達などの負傷者を治療するので、彼女の案内をよろしく頼む。それから、街の兵達の部隊長か誰かと、警備面について話がしたい」

「それについては警備隊の者達をあちらに待機させております」

「分かった。話し合いを行ってから魔物討伐に当たる」

「どうか、よろしくお願いいたします……！」

ディザークと目が合ったので、互いに頷き合う。

そしてディザークはエーベルスさんを連れて行き、わたしとは別行動となった。

「改めまして、沙耶・篠山と言います。よろしくお願いします」

「こちらこそ、よろしくお願いいたします。ささ、どうぞこちらへ。聖障儀のある屋敷までご案内いたします」

わたしはヴェイン様達と共に乗ってきた馬車で、統括は自分の馬車で、聖障儀のある屋敷へ向かう。恐らく街の中心にあるはずだ。

街は魔物のこともあるせいか通りに人気もなく、人々は皆、家に閉じこもっているようだった。もし街に魔物が侵入したら、そうするくらいしか一般人には身を守る術がない。警備隊も夜通し監視し、魔物と戦っているようで、街の空気は酷く重たかった。

……みんな、怯えてるんだ。

きっと、普段ならば街には人々が行き交い、屋台や店からは呼び込みなどの声が響き、活気があるのだろう。それなのに、今は街全体がまるでお通夜のようだ。

街を抜け、屋敷に到着するとすぐに中へ通された。

「休憩しなくても問題ありませんので、まずは予備の聖障儀への魔力充填を行わせてください。障壁が強固になるだけでも違うでしょう」

わたしの言葉に統括が大きく頷いた。

「ご案内いたします」

屋敷の奥、兵達に守られた扉の向こうに聖障儀はあった。

街もそれなりに大きいからか、聖障儀の球体部分はバランスボールくらいの大きさで、僅かに灰色がかっていた。聖障儀は魔力が空になると真っ白になるので、本当にギリギリ、魔力が残っているかどうかという状態だった。

わたしはリディアンに到着する前に魔力回復薬を一本飲んでいた。

持続時間が五時間なので、大量に魔力を消費しても問題はない。それに、この大きさならあと三つは即座に魔力充填を行える。

聖障儀に近づき、球体にそっと手を翳す。

展開中の障壁魔法が止まってしまわないよう注意しながら、掌に魔力を移動させ、そこから聖障儀に魔力を注ぎ入れる。ほとんど空だった聖障儀は面白いほど魔力を吸収していった。魔力が満杯になったところで注ぐのをやめる。

手を下ろせば、聖障儀の球体は黒一色に染まっていた。

「おお、これほど魔力を充塡していただけるとは……！　これならば、新しい聖障儀を用意するまで十分魔力も保つでしょう！　ありがとうございます！」

統括が感動した様子で近づいてきて、手を取られる。

心から喜んでいるのが感じられ、わたしは微笑んだ。

「いえ、これがわたしの仕事なので。さあ、次は負傷者の治療をしましょう。動ける兵達が増えれば、それだけ街の守りを固めることが出来ます」

「かしこまりました。負傷者は神殿の治療院におりますので、馬車で移動しましょう」

また馬車に乗り、屋敷を出て、街の神殿へ向かう。

それなりに大きな神殿には、それに見合った大きな治療院が併設されていたけれど、負傷者が入りきらないらしく、通りにも腕や足に包帯を巻いた人々が座り込んでいた。

馬車から降りて、治療院の中へと入る。

どこもかしこも怪我人だらけである。

突然現れたわたしに治療院の人達は驚いた様子だったけれど、統括の「聖女様がお越しになった！」という言葉を聞いてどこかホッとした表情を見せた。

こちらももう手一杯だったのだろう。

「沙耶・篠山と申します。治癒魔法で重傷者から治療します。どなたか、患者の状態が分かる方に付き添っていただきたいのですが……」

　そう言えば、中年の女性が一人手を上げた。

「私が付き添います。この治療院で働いております、デボラと申します。よろしくお願いいたします、聖女様」

「デボラさんですね、よろしくお願いします。モルトケ様、ご案内ありがとうございました。わたしはここで怪我人の治療を行いますので、モルトケ様も街のことをお願いします」

　モルトケ様は大きく頷くと治療院を出て行った。

　……よし、やるしかない！

　両手で頬を軽く叩き、気合いを入れる。

「聖女様、こちらに重傷者を集めております」

「はい、今行きます！」

　ヴェイン様とリーゼさん、ノーラさんもついて来る。

　わたしの護衛も兼ねているが、リーゼさんとノーラさんも怪我人の手当てを手伝ってくれるようだ。今は少しでも人手が多いほうがいい。

　神殿のほうに呼ばれて行くと、祈りの間は椅子が壁際に退《ど》けられ、大勢の重傷者が寝かされていた。

　デボラさんの案内で患者に近づく。

「聞こえますか？　わたしは聖女の沙耶・篠山といいます。これから治癒魔法をかけるので、気を楽にしてくださいね」

患者は痛みのせいか呻《うめ》くだけだったが、手を翳し、詠唱を行う。怪我人の様子からして、重傷ではあるが致命傷ではないらしい。それでも痛いことに変わりはない。

『聖なる癒しよ、この者の傷を治したまえ』

掌が温かくなり、柔らかく発光し始める。すると怪我人の傷を負った部分も発光し出した。治癒魔法が効いている証拠だ。

数秒後、光が弱まり、やがて消えると、怪我人が目を開けた。

「……痛く、ない……？」

怪我のあった場所に触れ、そして、涙を流す。

わたしはそっとその肩に触れた。

「失った血は戻りませんので、よく休んでください」

「はい……！」

わたしはそうして、一人、二人と治癒魔法をかけていく。

デボラさんが次の患者の容態を確かめ、わたしに簡潔に伝えてくれるので治癒魔法もかけやすかったし、リーゼさんとノーラさんは治療後の患者の対応を行ってくれ、ヴェイン様も患者の移動など力仕事の際に手伝ってくれる。

みんなで力を合わせて治療に当たった。

……絶対、誰も死なせない!!

わたしの目の前で誰かが死ぬなんて許せなかった。

＊　＊　＊　＊　＊

街の警備隊との話し合いを終えたディザークは、討伐部隊を率いて街の外へと出た。

やはり報告の通り、ブラックベアー、ライトニングディアー、ジャイアントボアが街の周辺にいるらしい。

これらは全て上位種であり、ブラックベアーは単独行動の魔物だが、ライトニングディアーとジャイアントボアは仲間を引き連れているとのことだった。

「ジャイアントボアは私にお任せください」

と言うアルノーに部隊の三分の一を任せ、もう一人にまた三分の一を任せ、残りの面々で最も強いブラックベアー討伐へと向かう。

だが、その三種以外にも魔物達がいる。

「グレイウルフだ！」

部隊員の声にディザークは鞘から剣を抜く。

「二人一組で戦え！　一人になると複数に襲われる危険がある！　互いの背中を意識して戦闘に当たれ！」

部隊員達の「了解！」という返事が響く。

グレイウルフは一個体ではそれほど強くはないものの、複数で群れを成しているため、全体的に見れば少々厄介な魔物だ。

しかし、二人一組となって互いに背後を守りながら戦えば、それほど手強い魔物ではない。一匹、二匹と着実に討伐されていく。

ディザークも風魔法で二匹ほど真っ二つに切り裂いた。

劣勢になったグレイウルフ達が森の中へと逃げて行く。

「深追いはするな！　我々の目的は上位種のブラックベアーだ！　他はまだ間引く程度でいい！　上位種を倒し終えてから他の魔物の討伐に移る!!」

周囲を警戒しつつ、ブラックベアーの目撃情報があった地点へ向かう。

街の周囲は草原と森の境のようになっており、森から魔物が続々と出て来るのが見える。

しかし、街の外壁の上から大量の矢が放たれ、弱い魔物はそれによって討伐されていく。

矢の雨を潜り抜けた魔物をディザーク達が更に討伐する。

キラーラビットとグレイウルフが随分と多かったが、どちらも一匹ずつなら倒すことは難しくない。

しかし、これが延々と続けば体力を消耗してしまう。

……このままではブラックベアーと戦えない。

ディザークがそう思うのと、部隊員の悲鳴のような声が上がるのはほぼ同時であった。

「ヴァイパーの群れを確認！」

ハッと顔を上げれば、森から蛇の魔物達が飛び出してくる。

蛇の魔物の中でもヴァイパー種は強い毒を持っているのが特徴で、一度でも噛まれたら死に至るほどの猛毒を持つ種もいる。このままでは馬だけでなく部隊員達も噛まれ、大混乱となるだろう。

「サージェス！　部隊全体に障壁魔法を張れるか!?」

「この規模でしたら一時間ならば出来ます！」

「では障壁を張れ！　その外側に風の刃を展開する！」

「聖女様式突破法、了解です!!」

……なんだ、その名前は。

一瞬、呆れてしまったが、すぐに障壁魔法が部隊を覆ったので、ディザークも即座に外側に風の刃を展開させる。

街へ到着する前にサヤと共に魔力回復薬を飲んでおいて正解だった。まだ三時間ほどは魔力が満ちたままだろう。多少、無理をしてもなんとかなる。

その直後、風の刃にぶつかったヴァイパー種の魔物達が細切れになっていく。しかし、何故か後ろから来る蛇達は止まることなく突っ込んでくる。

魔物達も馬鹿ではない。危険だと思えば止まるはずだが。

そのままヴァイパー種を風の刃で討伐し、それを纏ったまま、ディザークは部隊を率いて先へと急ぐ。

目撃地点に着くと、ブラックベアーはすぐに発見できた。

気が立っているようで、ブラックベアーは近くにいる他の魔物達を苛立ちに任せて爪で切り裂き、弾き飛ばし、暴れている。

他の魔物達はブラックベアーから離れ、ディザーク達討伐部隊がブラックベアーと対峙することとなった。

「障壁を解除！」

ディザークも風の刃を止め、部隊が左右へ広がった。

ブラックベアーの視線がディザークへ向く。

魔物は他の生き物の魔力を感じ取る能力が高く、敵対している相手の中でもどれが一番魔力を有しているか分かるのだ。

そして、魔物は魔力の多い者を優先して狙う習性がある。

殺した獲物を食べることで魔力を取り込み、より強い個体になるためらしい。

馬から下りたディザークは剣を抜いた。

「全員、戦闘用意！　ブラックベアーの討伐開始！」

ディザークの声に反応し、ブラックベアーも咆哮を上げ、二メートル以上はある巨体で突進してくる。

それをディザークや部隊員は避けた。

『土よ、彼《か》の者を束縛せよ』

ディザークが土魔法でブラックベアーの四本の足を地面に拘束し、更に別の詠唱を行う。

『炎よ、爆《は》ぜろ！』

小さな火花が散り、次の瞬間、ブラックベアーが炎に包まれる。

普通の魔物であればこれで討伐できる。しかし、さすが上位種だけあって強い。

体にまとわりつく炎を地面に転がることで消したブラックベアーが怒りの咆哮を上げ、ディザークへ向かって爪を振った。爪から放たれた斬撃をギリギリのところで躱《かわ》す。

ブラックベアーに対して接近戦は危険である。

また突進して来た巨体を避け、ディザークは数歩下がることで距離を取った。

巨体のわりに素早く、爪も鋭い上に、過去にはブラックベアーに嚙み殺された事例もあるため、近づくのは悪手だった。

『風よ、斬撃となりて敵を切り裂け！』

他の魔法士が風の刃を放ったが、ブラックベアーに当たっても傷を負わせることはできなかった。

どうやら上位種の中でも特に毛皮が硬いらしい。

魔法では攻撃が通らなさそうだった。

「サージェス、雷攻撃《ライトニング》は使えるか!?」

「麻痺程度でしたら！」

「それでいい、俺に合わせろ!!」

ディザークはもう一度、詠唱を行う。

『土よ、彼の者を拘束せよ！』

土魔法で再度拘束し、ブラックベアーの動きを封じる。

『雷よ、我が前の敵を穿《うが》て！』

魔法士の詠唱が行われ、ブラックベアーに雷が落ちる。

ブラックベアーの咆哮が上がったかと思うと倒れ込み、顎が地面についた。

痺れて動けない様子を確認し、ディザークは走り出した。

「今だ!!」

他の部隊員達も一斉にブラックベアーへ駆け寄り、持っていた剣を力一杯、その硬い毛皮へ突き立てた。

ディザークもブラックベアーの太い首へ剣を突き刺す。

間近で見るブラックベアーの迫力に気圧《けお》されそうになりながらも、深々と剣を刺し、引き抜く。

ブラックベアーの巨体が僅かに震え、一声鳴いた後、動かなくなった。

死んだと分かった他の部隊員達も剣を引き抜いた。

その少し後にブラックベアーの死体はぼやけ、光に包まれると、その光が粒となって弾けて消える。死体のあった場所には皮と牙、爪、そして魔石が残っていた。

部隊員が即座にそれらを回収する。

「他の部隊への応援に向かいますか？」

部隊員の一人に訊かれ、頷こうとした時、頭上を黒い影が駆け抜けた。同時に吹き飛ばされそうなほどの風を受ける。

とっさに身を低くしたディザークの耳に悲鳴が聞こえた。

「ぁあああぁぁっ!?」

顔を上げれば、空中から血が降ってくる。

その場にいた全員が言葉を失った。

ここにはいるはずのない魔物が、そこにいた。

「ワイバーン……!?」

それはディザークの声か、それとも他の者の声か。誰もが頭上を見上げて硬直した。

ワイバーンは魔物の中でも非常に強い種である。

ドラゴンの劣等種と言われ、口から炎を吐き、魔法を使い、鋭い爪や牙はいとも容易《たやす》く人間や他の魔物を殺す。何より、空を飛ぶので戦いが困難な魔物だった。

赤錆色の鱗、薄茶色の腹、鋭い黒色の爪にギョロリとした目。

その前足には隊員が一人、捕まえられていた。

爪が深く食い込んでいるのか血が落ちてくる。

「ウェルド……!!」

他の者が隊員の名前を叫ぶが、ワイバーンは気にした様子もなく飛び上がると、街へ向かう。

「クソッ、あのワイバーン、街を襲う気だ!!」

ディザークは即座に自身の馬に跨《またが》った。

「マルタナ、後は任せた！」

「承知しました！」

部隊を副隊長に任せ、馬の手綱を掴み、脇腹を蹴って走り出す。

このまま街を襲わせるわけにはいかない。

……急ぎ、サヤと合流しなければ……！

サヤはまだ一度も魔物と戦ったことがない。

最初の魔物がワイバーンなど、悪夢である。

＊　＊　＊　＊　＊

グォオオオッという生き物の咆哮が聞こえた。

重傷患者をほとんど治し、軽傷者を治療している途中でそれが聞こえ、思わず手が止まってしまった。

「今の、何の声？」

人間のものではないのは確かだが、犬や猫とも違う。

……まるで大きな獣みたいな……。

カシャーンと音がしたので振り向けば、デボラさんが水の入った桶を落としていた。その体が震えている。

「嘘……どうして……？」

震えながら蹲《うずくま》ったデボラさんに慌てて駆け寄る。

「デボラさん、大丈夫ですか？」

デボラさんが返事をする前に、怪我人の一人が治療院の窓から外を見て叫んだ。

「ワイバーンだ！　ワイバーンが街の上にいる!!」

シンと静まり返っていた治療院の中にその声はよく響いた。

一拍の間の後、治療院の中は大パニックに陥った。

悲鳴、混乱の叫び、怒号があちこちから上がり、動ける怪我人達が我先にと治療院から飛び出して行く。止めようとした治癒士の何人かは逃げようとした人々に突き飛ばされたり、押し退けられたりして、それが更に混乱を招いていた。

とっさに窓へ駆け寄り、開けて、空を見上げる。

少し傾いた太陽のそばに大きな影が見えた。

「……ドラゴン？」

形はドラゴンそっくりだった。

しかし、すぐにヴェイン様から指摘が飛んでくる。

「違う。ワイバーンはドラゴンではない。ワイバーンはドラゴンの劣等種と言われているが、アレはドラゴンと似た形をしているだけで同種ではない。体がデカいくせに人語も解せないような知能の低い魔物だ」

「もしかして強い？」

「普通の魔物に比べたら強いな。ドラゴンの劣等種と言われているだけあって、似たような攻撃方法を取る。何より、空中にいるだけで戦場ではかなり優位だ」

すぐに窓を閉めてデボラさんのところへ戻る。

デボラさんは頭を抱えて震えていた。ワイバーンに対して酷く怯えている様子からして、恐ろしい経験をしたことがあるのかもしれない。

意識を集中し、魔力を体全体に巡らせ、それを一気に拡散させる。光の粒子がパァッと治療院全体に広がった。これでみんなの注目を集められるはずだ。

わたしは大きく息を吸い、そして声を張り上げた。

「皆さん、落ち着いてください!!」

出入り口に殺到していた人々が驚いた様子で固まった。

全員の視線を感じながら言葉を続ける。

「この街の聖障儀には、わたしが先ほど魔力充塡をしました！　魔物が街へ入ることはありません！　もし入って来たとしても、ここには障壁魔法を張ることが出来る聖属性持ちの治癒士が大勢います!!　外に出るより、ここにいたほうが安全です!!」

わたしの言葉に、逃げ出そうとしていた人々が顔を見合わせる。

「でも、ワイバーンが障壁を突き破ってくるかも……」

との不安の声も聞こえた。

……こういう時こそ堂々としていなくちゃ。

「もし聖障儀の障壁を突き破ったとしても、わたしがもう一度障壁を張ります！　この街には今、皇弟殿下も討伐部隊もいます！　わたし達は全力でこの街を守ると誓います!!」

全員がわたしの話に耳を傾けているのを感じる。

「どうか、わたし達を信じてください！　混乱した状況では余計に怪我人が出て、更に混乱を広げてしまいます！　緊急の時こそ落ち着いた行動をお願いします!!」

人々は顔を見合わせた後、静かに、ゆっくりと治療院の中へ戻って来てくれた。もう誰も悲鳴を上げたり叫んだりせず、怒鳴る人もいなかった。

それにホッとしつつ、蹲っているデボラさんやこの場にいる人々を他の治癒士達に任せることにした。

「わたしは外に出て、様子を見ます。もし障壁を突破された時はわたしが食い止めますので、皆さんは怪我人の治療をし、混乱が起きないように気を付けてください」

治癒士達が頷いてくれたところで、また咆哮が聞こえた。

わたしはヴェイン様とリーゼさん、ノーラさんを連れて治療院の外へと飛び出した。

大通りに出たが、やはり人気はない。

だが、近くの家の窓から怯えた様子で空を見る人の姿に気付き、わたしも空を見上げた。

よく晴れた青空を、赤褐色のワイバーンが飛んでいる。大きさはヴェイン様がドラゴンになった時とほぼ同じくらいか、もしかしたらそれより少し大きいかもしれない。

咆哮を上げ、街の上空まで張られた障壁に突進する。

ワイバーンが障壁とぶつかると、ガキィイインと、金属同士がぶつかるような派手な音と空気の振動が僅かに伝わってくる。障壁全体が震えてしまうほど強い衝撃が加わっているようだ。

「障壁、破ってくると思います？」

「あのまま繰り返し突進されると、聖障儀の魔力が障壁の修復に回されてそのうち魔力切れになるかもしれん」

「そんな……！」

慌てて上空へ手を向け、ワイバーンがぶつかる箇所に障壁を重ねて展開させると、そこにまたワイバーンが突進してくる。

ガキィイインとまた派手な音がして、グッと体に重みを感じた。

リディアンの街まで障壁魔法を使って来たけれど、こんな風に重みというか、圧力を感じることなどなかった。

またワイバーンがぶつかってきて、ギシリと体が軋《きし》む。

「う……っ」

ワイバーンがぶつかるたびに凄い勢いで魔力が減っていく。

重みを感じる右腕に左手を添える。必死に耐えていると、ヴェイン様がわたしの肩に触れた。そこから魔力が譲渡され、更には魔力回復薬の効果もあって、減りかけていた魔力が満タンまで戻ってくる。

「ヴェイン様、ありがとうございます……！　そのまま、あのワイバーンを風魔法で吹き飛ばしたりできませんかっ？」

「吹き飛ばすことは可能だが、すぐに戻って来るぞ。忌々しいが、鱗の硬さだけはドラゴンに最も近い。適当な魔法では致命傷にはならんだろう」

二度、三度とワイバーンが障壁にぶつかる。

……どうしよう、このまま耐えるしかないの!?

必死に考えていると何かが駆けて来る音がした。

顔を向ければ、馬に乗ったディザークがこちらへまっすぐに向かって来るところで、わたしのそばまで近づくと馬から飛び下りた。

「サヤ！　無事か!?」

「うん、とりあえずは！　でも、このままだとそのうち魔力のほうが先になくなっちゃうか、わたしが押し負けちゃうかも！」

ディザークと共にワイバーンを見上げる。

力で破れないと分かったのか、ワイバーンが障壁から少し離れた。

そして前足を動かした。

……何をしようとしてるの？

ワイバーンは前足で持った何かを障壁に押し付ける。

すると、ワイバーンの前足が障壁を越えてしまった。

「えっ!?　どうして!?」

驚いている間にワイバーンの体が障壁を抜けていく。

ディザークが大きく舌打ちをした。

「あのワイバーン、一度どこかの街か村を襲ったことがあるのだろう。障壁は魔物を通さないが、人間は通す。そして人間が触れているものも通す」

それにハッとする。

「まさか、あの手に持ってるのは人間なの!?」

「ああ、討伐部隊の隊員だ。先ほど、俺達がブラックベアーを討伐した直後に連れて行かれた」

そう答えたディザークの声には怒りがこもっていた。

見上げる先、上空にいたワイバーンはもう用済みだという風に前足で持っていたものを投げ捨てる。それが落下していく光景を見て、ひっ、と息が詰まった。

その瞬間、わたしが張っていた障壁は消えてしまったが、ワイバーンが中へ入ってしまった今、もう障壁の意味はない。

ディザークに抱き寄せられ、その胸元に顔を押しつけることになった。頭に残る光景に思わず体が震えた。ヴェイン様がディザークの名前を呼ぶ。

「ディザークよ、剣を出せ。そのままではアレに傷をつけることは出来ない。強化と風魔法を我がかけよう」

「ああ、頼む」

ディザークがヴェイン様に剣を差し出したのだろう。

空気がふわりと動き、ヴェイン様が剣に魔法をかけたようだった。

そこで、ワイバーンの咆哮が聞こえてきた。

ビリビリと空気を震わせるそれで我に返る。

……っ、怖がってる場合じゃない……!!

顔を上げれば、ディザークと目が合った。

「サヤ、俺が風魔法で跳躍し、ワイバーンと戦う。すまないが、ヴェインと共に魔法で援護してくれないか?」

ディザークに見つめられる。怖いけど、不安だけど、わたしは聖女で、ディザークは皇族で、この国を守らなければいけない。

……治療院の人達に誓ったじゃないか! この街はわたし達が守るって!!

「任せて、ディザーク!」

そして魔法の詠唱を行うと、風を纏ったディザークが上空へ向けて一気に跳躍する。そのまま風魔法がディザークの体を押し上げ、ワイバーンのところまで到達する。

ディザークが剣を振るい、それがワイバーンの腹部を薄く切り裂いた。ワイバーンが驚きと痛みで咆哮を上げ、ディザークから距離を取る。

ディザークはずっと空中に留《とど》まることが出来ないらしく、落下しかけたが、すぐにまた風魔法で浮き上がる。ワイバーンが炎を噴いても、上手くそれを避けていた。

「なるほど、あれなら空中戦は出来そうだ」

ヴェイン様が言い、ワイバーンへ手を翳す。

無詠唱でその掌から火球がいくつも放たれ、凄い速度でワイバーンを襲った。翼に火球が掠《かす》るとワイバーンが慌てた様子でそれを避ける。

わたしもワイバーンへ手を翳し、掌へ魔力を集中させて詠唱を行う。

『水よ、凍《い》てつく柱となりて敵を射て！』

掌に集まった魔力が濃くなり、掌のすぐ前で魔力がピキバキと音を立てながら氷へと変化し、いくつもの氷柱が形成されていく。

……大丈夫、いける！

初めての戦闘だが、心は落ち着いている。冷静さも失っていない。

ディザークが剣を振るい、ワイバーンの前足を切りつけ、そして両者が離れた瞬間にワイバーンへ向けて複数の氷柱を放った。

氷柱の一つが翼に当たり、穴が空くと、ワイバーンが明らかに痛がった。すぐに第二撃を向けたが全て躱されてしまう。氷柱が危険だと理解したらしい。

ディザークが剣で攻撃し、即座に体勢を立て直している隙にわたしとヴェイン様とで攻撃をするものの、突破口が開けない。

ディザークの魔力と体力も無限ではない。

何か、ワイバーンに渾身の一撃を喰らわせなければ……。

考えていると、また馬の走ってくる足音がした。

振り向けばエーベルスさんが来て、馬から下りて駆け寄ってくる。その視線はすぐに上空のディ

ザークに向けられた。

「ああ、やっぱりディザーク様でしたか……」

苦虫を噛み潰したような顔をするエーベルスさんと、火球を放つヴェイン様を見て、唐突に閃く。

体表が硬くて攻撃が通じないなら、内側からはどうか。そう、たとえば一寸法師が鬼の中に入って、体の内側からチクチクと針で刺したように。

致命傷にはならないかもしれないが、かなりのダメージを与えられる方法が頭の中に浮かんだ。

成功するかは分からないがやってみる価値はある。

「エーベルスさん、その被ってるやつ貸して!!」

「えっ？　おわっ!?　何ですか!?」

ジャンプしてエーベルスさんが被っていた兜から伸びる毛のようなものを摑んで脱がそうとすると、エーベルスさんがギョッとした様子で声を上げる。

「いいからそれ外して!!」

わたしの言葉にエーベルスさんがすぐに兜を脱ぐ。

それを半ば奪うように取り、闇魔法の蔦《つた》でグルグル巻きに覆い、次に火魔法で兜を限界まで熱する。蔦の隙間から、僅かに銀色の雫《しずく》が垂れる。

「うわっ、聖女様、一体何を……!?」

エーベルスさんが熱気を感じて半歩下がるが、それを気にしている余裕はなかった。

「ヴェイン様、ワイバーンの真正面に連れて行ってください！」

ヴェイン様が振り向き、そしてニッと笑った。

「良かろう」

バッとヴェイン様がわたしの腰を摑む。その瞬間、ふわりと浮遊感があり、目の前にワイバーンが現れる。わたしはヴェイン様と共に上空に浮かんでいた。

「サヤッ!?」

ディザークの驚いた声がしたが、目の前のワイバーンに集中する。ワイバーンの口の端から僅かに火の粉が見える。

……火を吐くつもりだ!!

「行っけぇえええええっ!!」

ワイバーンが口を開けるのと同時に、蔦で包んだ兜をワイバーンへ向けて投げつける。蔦がグルグルと解《ほど》けながら勢いを増し、ボッと火がつき、火球となった兜が飛んで行く。

そして、それは狙った通りワイバーンの口の中へと突っ込んで行った。

ゴクン、と間近でワイバーンがそれを呑み込む音がする。

「やった!!」

ぐらりと傾きかけたわたしの体をヴェイン様が支えてくれる。

ワイバーンが空中で身悶えし、咆哮を上げる。

飛んでいる余裕がなくなったのかフラフラと落下していった。

「ヴェイン様、ディザークと一緒にワイバーンのところへ連れて行って!」

「うむ」

ふわっと体が浮き上がったと思った瞬間、今度は落下する。落下しながらヴェイン様がもう片方の手で跳ね上がってきたディザークの腕を摑んだ。

そしてワイバーンが落下した場所へ落ちていく。

ワイバーンは広場に落ち、そのせいで壊れた噴水に顔を突っ込んでいた。多分、胃の中のものを冷やさなければと本能的に感じたのだろう。

わたしは落下しながらワイバーンに手を翳し、闇魔法の蔦でその体を地面へ縫い留める。

「ディザーク！」

名前を呼んだだけで通じたらしい。

目が合ったディザークが剣を構え、ヴェイン様がディザークから手を離した。

「うぉおおおっ!!」

ディザークはそのままワイバーンへ落下した。

……お願い……!!

大きな鈍い音と共にディザークがワイバーンの頭に着地する。勢いのせいか、地面がへこんだ。

ワイバーンの体がビクリと震え、そして動かなくなった。

ワイバーンの上からディザークがずるりと落ちると、その頭部には真上から剣が深々と突き刺さっていた。

わたしとヴェイン様も風魔法で着地し、慌ててディザークへ駆け寄る。

「ディザーク！　大丈夫!?」

仰向けに倒れているディザークが目を開けた。

「手足の骨が折れたようだ……」

「っ、今、治癒魔法をかけるから……!!」

あの高さから勢いを殺さずに、硬いワイバーンの鱗の上へ落ちたのだ。無傷で済むはずがない。

慌てて治癒魔法でディザークの骨折を治せば、ディザークが小さく息を吐き、起き上がった。

「ごめんディザーク！」

思わず抱き着いたわたしをディザークが受け止める。

「いや、俺も分かっていてやったことだ」

慰めるようにディザークの手がわたしの背中を軽く叩く。

ホッと安堵の息を吐くと「しかし……」とディザークの声がして、体を離したディザークに両頬を思い切り摑まれた。

「え？」

ギュッと両頬が遠慮なく左右へ引っ張られた。

「痛《ひは》ひ痛《ひは》ひ痛《ひは》ひ……!!」

……なんでほっぺつねられてるの!?

「お前は聖女である自覚がないようだな」

ディザークに見下ろされ、その鋭い眼差しに硬直する。

……いつもより顔が怖い!!

「危険な真似はするなと言っただろう!!」

「言《ひ》っへふぁへん……!」

「口ごたえをするな！　聖女であるお前はこの国の重要人物なんだぞ!?　もし死んだらどうする気だ!!」

……ひぇええっ、本気で怒ってる……!!

慌ててヴェイン様を見るけれど、ヴェイン様は素知らぬ顔でワイバーンを眺めていて、助けてくれそうにない。

「聞いているのかサヤ!!」

「はひ……!」

ディザークの怒号にシャキリと背筋が伸びる。

誰か助けて、と思っていると馬の足音がした。

ディザークがやっと頬から手を離してくれたので、慌てて顔を離しつつ、振り向けば、エーベルスさん、リーゼさんとノーラさんが二頭の馬にそれぞれ乗って近づいて来る。

「ディザーク様、聖女様、ご無事ですか！　良かった!!」

……わたしの頬は無事じゃないけどね！

思いきり引っ張られてヒリヒリする頬を治癒魔法でこっそり治している間に、馬から下りて来たリーゼさんとノーラさんに抱き着かれた。

「サヤ様、ご無事で良うございました……！」

「生きてる、良かったです……！」

ギュッと二人に抱き締められて、わたしもホッとした。

二人に腕を回して抱き締め返す。

「心配かけてごめんなさい」

二人はもう一度ギュッとわたしを抱き締めた後、体を離すと、すぐにわたしに怪我がないことを確認し、安堵の表情を浮かべた。いきなりヴェイン様と一緒に消えて、ワイバーンの目の前に現れたのだからビックリさせてしまっただろう。

説明している余裕がなかったとはいえ、悪いことをしてしまった。

申し訳なく思っていると、死んだワイバーンの巨体が光り、ややあってパァッと光の粒子となって空気に消えた。そこには何かが落ちていた。

エーベルスさんが落ちているものを拾う。

「爪、牙、翼の皮に鱗……お、かなり大きな魔石が出ましたよ」

と全て回収したエーベルスさんが振り返る。

ほとんどは袋に詰めたものの、魔石だけは入り切らなかったのか抱えている。魔石はバスケットボールより一回り近く大きい、濃い紫色の宝石みたいなものだった。

それを見たディザークが立ち上がった。

「この街の聖障儀が一つ壊れているという話だ。それは役に立つだろう」

差し出された手を借りてわたしも立つ。

「俺はまだ街の周辺にいる魔物を討伐する必要がある。サヤはどうする？」

「治療院に戻るよ。その後もう一回、聖障儀に魔力充塡しないと。ワイバーンが何度もぶつかったせいで魔力が減っちゃってるかもしれないし」

「無理はするなよ。……お前達、サヤを見張っておくように」

リーゼさんとノーラさんが「かしこまりました」と頷く。

「ディザークこそ休まなくて大丈夫？」

「俺は問題ない。サヤ、終わったら統括の屋敷にいてくれ」

「うん、分かった」

ディザークは馬に乗り、エーベルスさんを連れて行ってしまった。その背中を見送ってから気合いを入れ直す。

「……よし、あと少し、わたしも頑張ろう！　ヴェイン様、リーゼさん、ノーラさん、治療院まで戻って怪我人の治療の続きをしよう」

「では治療院の前まで移動させよう」

パチンとヴェイン様が指を鳴らせば、一瞬で視界が変わり、先ほどまでわたし達がいた治療院の前に立っていた。

治療院の周辺も無事なようで安心しつつ、扉を開けて中へと入れば、治癒士や怪我人など中にいた人々の視線が一気に集まった。

その不安そうな表情にわたしは笑みを浮かべる。

「ワイバーンは討伐できました」

わたしの言葉に一瞬の静寂の後、ワッと歓声に包まれる。

「本当にワイバーンを倒したのかい!?」

「ああ、神よ……!」

「良かった！　本当に良かった……!!」

みんな、安堵した様子で近くの人々と抱き締め合ったり、頷き合ったりしている中、近づいて来たデボラさんがわたしの手を握る。

「ありがとうございます、聖女様……!!」

そう言ったデボラさんは泣いていた。

その背中をもう片方の手で撫でたが、デボラさんの涙は止まらない。

「十五年前、私がまだ生まれ故郷にいた時、村がワイバーンに襲われて夫も子供も、友人も、皆死んでしまいました……。私だけが生き延びて……また、大切な人達を失うのかと……」

「大丈夫ですよ。ワイバーンの脅威はもうありません」

震えるデボラさんの背中を何度もさする。

そうして、他の人にも聞こえるように言葉を続ける。

「街の外にいる魔物も皇弟殿下と討伐部隊が倒しています。心配しないでください」

デボラさんがようやく顔を上げたので、わたしはニッと笑った。

「さあ、わたし達も治療を再開しましょう！　ワイバーン討伐のお祝いをするのに、怪我をしていては楽しめませんから！」

デボラさんは目を丸くして、すぐにふっと笑った。

「……そうですね」

「治癒士の皆さんもご協力お願いします！　全員治して、討伐に出ている人達を驚かせてやりますよ！」

拳を握り締めるわたしに治癒士達も笑う。

「討伐部隊の方々も頑張っているんだ！　俺達も頑張ろう！」

「終わったらパーッとお祝いしましょう！」

「今こそ、私達が頑張る時だ!!」

その場にいる全員の心が一つになるのを感じる。

それから、怪我人の治療を再開した。街の周りにはまだ魔物がいるけれど、ワイバーンという脅威がなくなったからか、みんなの表情は明るかった。

治療を終えた後も治療院に残って手伝ってくれる人や、家から食べ物などを持って来てくれる人もいて、みんな交代で休憩を取りつつ、怪我人の治療に当たった。

途中、討伐部隊の格好をした男性が一人運ばれて来た。

治療院へ到着した時には既に亡くなっていたから、恐らく、ワイバーンが前足で掴んでいたのはこの人だったのだろう。遺体は地下の保管室に移動された。

夕方、日が沈みかけた頃、ようやく最後の一人の治療が終わり、わたしは疲れを感じながらも最後の一仕事のために立ち上がった。

「わたしは聖障儀の魔力充塡に向かいます。ワイバーンが障壁に何度もぶつかっていたので、きっと魔力が減ってしまっているでしょうし、治療院についても報告をしないと……」

デボラさんが頷き、わたしの肩をポンと叩く。

「聖女様、本当にありがとうございます」

それに他の治癒士や治療を受け終わった人達が頷く。

「いいえ、わたしだけの力ではありません。討伐部隊の人達や皇弟殿下など、多くの方が頑張ってくれたからこそ、こうして今があるのだと思います」

「そうだとしても、聖女様の言葉に、行動に、私達は救われました。帝国の新たな聖女様があなたで良かった。帝国民として、聖女様に感謝いたします」

その言葉に救われたのはわたしのほうだった。

……ああ、そっか、わたしも不安だったんだ。

帝国の聖女となったけれど、本当に受け入れてもらえるのか、聖女として役割を果たせるのか。

誰かを助け、守ることが出来るかどうか、不安だった。

だけど、こうしてわたしを認めてくれる人がいる。

わたしの努力を見て、信じて、感謝してくれる人がいる。

……それだけで、この先も聖女として頑張っていこうって思える。

デボラさんの手を、わたしはしっかりと握った。

「こちらこそ、わたしを信じてくださり、ありがとうございます。この帝国のためにこれからも頑張ります」

それから、わたしは馬車に乗って統括の屋敷へ向かった。

屋敷に着くと統括がすぐに出迎えてくれて、わたしの手を握ると、やっぱり土下座しそうな勢いで感謝された。

「聖女様、本当にありがとうございます！　殿下の使いの方よりワイバーン討伐について伺いました！　聖女様のお力があったから討伐できたと‼　なんとお礼を申し上げたら良いのか……‼」

泣きそうな、というより、ほぼ泣いている統括にわたしは苦笑してしまった。

「ワイバーンを最終的に討伐したのはディザーク殿下です。わたしはあくまで支援をしただけで……」

「そうだとしても、ワイバーンに立ち向かうその強いお心に感服いたしました！　殿下と聖女様の勇姿を伝え聞き、街の兵達の士気も上がっております‼」

「えっと、お役に立てて何よりです……。あ、治療院にいた怪我人は全員、治療が終わりました」

「おお、なんと……！　さすが聖女様……‼」

このままだと延々と感謝の言葉が続きそうだったので、わたしはここへ来た目的を伝えた。

「――それで、聖障儀の魔力が減ってしまっていると思うので、追加で魔力充塡を行おうと思います」

「是非、お願いいたします！」

そういうわけで、もう一度わたしは聖障儀のある部屋まで案内してもらった。

後ろからついて来るノーラさんが魔力回復薬を持っている。

……充填が終わったら飲むことになりそう……。

とりあえず、部屋に到着し、聖障儀の様子を見る。

真っ黒になるまで魔力を注いでいたはずなのに、今は、濃いグレーくらいの色だ。それほどワイバーンの突進は攻撃力が高かったということなのだろう。

聖障儀に手を翳し、魔力充填を行う。

……さすがに今日は魔力を使いすぎたなあ……。

我ながら呆れていると、地面が軟らかくなったような感じがして、フラリと体が傾く。

あ、ヤバい、と思って床とぶつかる衝撃を覚悟して目を瞑《つむ》ったが、倒れる前に誰かに抱き留められた。目を開ければ、いつの間に戻って来たのか、ディザークの顔が間近にある。

「だから、無理をするなと言っているだろう」

不機嫌そうに眉根を寄せたその顔に気が抜ける。

「ごめん、ディザ……ク……」

強い眠気を感じ、わたしはそのまま意識を手放した。

＊　＊　＊　＊　＊

ディザークは腕の中で寝息を立てるサヤを抱え直すと、立ち上がった。

よほど疲れているのか起きる気配はない。

「モルトケ殿、すまないが部屋を用意してくれ」

それに統括が大きく頷いた。

「殿下と聖女様のお部屋は既に用意してあります。ささ、こちらへどうぞ。……聖女様には街のために無理をさせてしまいましたね……」

「モルトケ殿のせいではない。これはそういう気質なんだ」

統括の案内で客室の一つに移動する。

いつも思うがサヤは軽すぎる。この世界に来てからは、元の世界にいた頃よりもずっと食事量が増えたと言うけれど、毎日魔法を使っているせいか痩せている。

医師は「やや痩せ気味ではありますが健康です」と診断しているものの、ディザークはいつもサヤが心配だった。

のんびりぐだぐだしたいとか、三食昼寝付きでダラダラ過ごしたいとか、そういうことを言うくせに意外と真面目で、自分に出来ることがあるとなんだかんだで全力を尽くしてしまう。そんなサヤだからこそ、目が離せない。

「こちらが聖女様のお部屋でございます。後ほど、改めて迎えの者が来ますので、それまで聖女様のおそばに」

「ああ、そうさせてもらう」

統括は一礼すると去って行った。

室内に入り、サヤをベッドへ寝かせるとヴェインが近づいて来て、サヤの手を握る。

「我が魔力を譲渡してやろう。だが、今回は単純に疲れて眠ってしまっただけだ。そう心配せずとも問題はない」

「そうか」

ヴェインの言葉にホッと小さく息が漏れる。

ここ数日の旅の疲れも溜まっていたのだろう。

街へ到着して、そのまますぐにディザークも討伐へ出たし、サヤも聖障儀への魔力充塡や治療院での怪我人の治療などで息を吐く暇もなかった。

……まさかワイバーンが出るとは。

今回の魔物の異変はワイバーンのせいだ。強い魔物が移動したことで、森の奥にいた魔物達が逃げ出し、結果的に逃げる先にあったこの街が魔物に襲われることになった。

しかし、あのワイバーンを討伐できたことは僥倖だった。

あれがリディアンを滅ぼし、別の街や帝都にまで来ていたら大騒ぎどころの話ではなかっただろうし、本来のワイバーン討伐に比べると驚くほど被害は出なかった。

何より、人間を使えば障壁を越えられると理解した魔物は危険だ。生かしてはおけない。もし他の魔物がそれを真似し始めたら、と考えただけでゾッとする。

気持ち良さそうに眠るサヤの寝顔に肩の力が抜けた。

「だが、まさか熱した兜をワイバーンに呑み込ませるとは。サヤは見た目のわりに力技が多いな」

「あれはさすがにワイバーンに同情した。たとえドラゴンであっても、あれをされたら堪《たま》らないだろう。腹の中から熱された金属で焼かれるなど、拷問だぞ」

「確かに」

サヤの目元にかかる前髪を除けてやりながら、ディザークは苦笑いした。あのサヤの一撃のおかげでワイバーンがかなり弱ったし、闇魔法の蔦のおかげで動きも封じられ、ディザークは最後の一撃を加えるだけで済んだ。

ワイバーン討伐の一番の功労者はサヤである。

ただしヴェインの言う通り、ワイバーンには少しばかり同情してしまうが。

「……サヤは任せた。起きるまで寝かせてやってくれ」

「そうだな、それがいい」

ヴェインが頷き、侍女達も静かに頭を下げる。

本当はそばにいてやりたいが、ディザークにもまだやるべきことが多く残っている。

その場をヴェイン達に任せ、ディザークは客室を後にした。

＊　＊　＊　＊　＊

「………見慣れない天井だ」

思わず呟き、起き上がれば、見覚えのない部屋にいた。

カーテンの隙間から明るい日差しが室内へ差し込んでいる様子からして、昼間だということは分かる。

……あれ、夕方のはずじゃあ……？

そこまで考えて、気を失うように寝落ちしてしまったことを思い出し、頭を抱える。またディザークに怒られる。

はあ、と溜め息を吐いていると視界の端で影が動く。

「サヤ様、おはようございます」

壁際の椅子に座っていたリーゼさんが立ち上がりわたしのそばへ来ると、グラスに水を注いで渡してくれる。それをありがたく受け取りながら、訊いてみた。

「ありがとう。……わたし、どれくらい寝ちゃってた？」

「昨日の夕方にお休みになって、一晩経ち、もうすぐ昼食のお時間になります」

「……うわあ、絶対怒られるやつだ……」

わたしの呟きにリーゼさんが微笑んだ。

「ディザーク様は怒ってはおられませんでしたよ。サヤ様のことを心配して、夜と今朝も様子を見にいらっしゃいました」

話していると部屋の扉が叩かれた。

どうぞ、と声をかければヴェイン様が顔を覗かせ、ノーラさんと共に入って来る。

「おお、サヤ、目を覚ましたか。……うむ、顔色は良いな」

ヴェイン様がわたしの顔を覗き込んできた。

それに苦笑しつつ、頷いた。

「まだちょっとだるい感じはしますけど、元気です」

多分、普段運動なんてしないのに動き回ったからだろう。

「サヤ様、入浴しますか？」

とノーラさんに訊かれて気付く。

そういえば昨日はそのまま寝入ってしまった。見下ろせば、寝巻きになっていたけれど、なんとなく全体的にベタッとしている感じがした。

「うん、そうしようかな」

「では、準備します」

「サヤが起きたことは、我がディザークに伝えておいてやろう」

「よろしくお願いいたします、ヴェイン様」

リーゼさんとノーラさんに促されて隣室に行くと、そこは浴室になっていて、二人に世話をしてもらって入浴する。旅の間はほとんど入浴できないし、街に来てからは汗を落とす余裕なんてなかったので、温かい湯に緊張が解れる。

「ディザークは何してるかな？」

「本日も街の周辺にいる魔物の討伐に向かっておられます。ですが、ワイバーンがいなくなったからか、魔物の異変も落ち着き、数も減っているそうです」

「そうなんだ、良かった」

リーゼさんが教えてくれたが、今回の魔物の異変はワイバーンのせいだったらしい。強い魔物の移動で他の魔物達が怯えて逃げ出し、街のほうへ押し寄せてしまったのだとか。原因のワイバーンがいなくなれば、魔物達は元いた場所へ帰るし、残るようなら討伐すればいいということだった。

ちなみにブラックベアーもライトニングディアーもジャイアントボアも、上位種だろうと言われていた魔物達は討伐が完了しているそうだ。

「ワイバーンを含め、街の周辺で討伐した魔物の素材はリディアンの復興支援のために国が高額で買い取るという話になっております。魔石は新しい聖障儀を作るための材料に必要なので、買い上げはしないそうです」

「そっか」

街の外壁も魔物の攻撃で損傷しているかもしれないし、街の警備隊や怪我を負った人々の生活の再建なども必要だろう。

それに今回の魔物の討伐で壊れた武器や防具なんかも新調する必要があるはずだ。元の生活に戻るにも、今後のことを考えても、色々とお金がかかる。

「あ、討伐部隊の人達は大丈夫？　怪我をした人は？」

「負傷者は屋敷の別館に収容し、順次、治療を受けているそうですよ。部隊の損害は軽微だと聞き及んでおります」

バスタブから出て、体を拭いてもらいながら訊き返す。

「わたしも治療に行ったら迷惑かな？」

ノーラさんがジッと見つめてくる。その目が『まだ無理をするつもりか？』と言っているような気がしたので、慌てて言葉を重ねた。

「今日はもう無理しないよ！　ただ、帰るまでに怪我が治らなかったら困るだろうし、討伐部隊の人達には帝都からここまでの道で警備も担当してもらってたわけだし……」

ノーラさんが小さく息を吐いた。

「……ディザーク様がお許しになったら」

「それは遠回しにダメって言ってるよね……」

だが、昨日は無理をして気絶するように寝落ちしてしまったので強く言えない。

これでまた無理をすれば、今度こそディザークは怒るだろうし、皇帝陛下からも聖女活動の禁止を言い渡されるかもしれない。

……でも、自分が助けられるかもしれないのに何もしないのはなあ……。

それはそれで罪悪感があるし、国民の税金で生活している以上は聖女としての仕事はすべきだろう。私が希望していたのんべんだらりとした生活はどこへやら……。

けれども、昨日のことは鮮明に覚えている。

大勢の人々の笑顔や歓声、わたしを信じてくれたこと。

きっと元の世界ではそんな経験は出来なかった。

元の世界のことを思い出すと悲しいし、切ないし、寂しくてつらいけど、それでもこの世界は、帝国の人々はわたしを必要としてくれた。

この帝国にはわたしの居場所がある。だから守りたい。

聖女の装いに着替えさせてもらい、部屋に戻れば、ヴェイン様が部屋に置かれていたリンゴをかじっていた。

「ディザークが戻って来るそうだ」

「え、討伐に出てるんじゃあ……？」

「それはディザークがいなくとも問題ないらしい。『俺が戻るまでゆっくりしていろ』と言っていたぞ」

それもやはり、遠回しに静かにしていろという意味だろう。

「サヤ様、昼食はいかがですか？」

とリーゼさんに問われ、わたしが返事をするより先に体が空腹の声を上げた。思わずお腹を押さえて笑う。

「食べようかな」

「すぐにお持ちいたしますね」

リーゼさんが部屋を出て行き、ノーラさんがわたしに水を用意してくれたので、それを飲んで過ごす。一度意識してしまうとやたら空腹を感じた。

昨日は魔力を使いっぱなしだったのに、魔力回復薬で無理やり押し切った形になっていたから、体が減ったエネルギー分を欲しがっているのかもしれない。

しばらくして、リーゼさんがサービスワゴンを押して戻って来る。

昼食はパンが柔らかく煮込まれたミルク粥と果物だった。

わたしが疲れているだろうからと、胃に優しいものを用意してくれたそうで、ありがたく食べることにした。

粥は少し甘みがつけられていて食べやすく、パンはとろとろで、口に入れるとあっという間に溶けていく。甘みは蜂蜜か何かだろうか。ほのかな甘さが体に染み込むようだ。

ゆっくり食べていると部屋の扉が叩かれる。ノーラさんが対応し、扉の向こうからディザークが入って来た。

「よく休めたか？」

「うん、おはようディザーク」

ディザークはわたしの向かいの椅子に腰掛ける。

リーゼさんが紅茶を用意して、ディザークがそれを飲みながら、食事をするわたしを眺めている。

「ディザーク、昼食は？」

「今はいい。魔力回復薬を使用中だ」

「ああ……」

それでは食欲も湧かないだろう。

「そうだ、討伐部隊で怪我をした人の治療に行ってもいい？」

ディザークの紅い瞳がこちらの様子を窺うように眇《すが》められる。

「別に無理はしないよ！　ほら、討伐終わったら帝都に帰るし、怪我人がいると困るでしょ？　治癒魔法をかけるだけだから！」

「……分かった」

ディザークは頷いたが、「しかし」と言葉が続けられる。

「治療をするならば俺も同行する」

「え、ディザークも？」

「お前が無理をしないか見ていないと落ち着かない」

既に何度か無理をした自覚はあるので否定はしない。

昼食を終えた後、少し休んで、それから負傷者のいる別館へ向かうことにした。

「怪我人は結構いる？　怪我の程度は？」

「数はそれなりにいるが、怪我の程度は皆、軽い。重傷の者はその場である程度は治療を済ませてある」

「なるほど」

別館は本館ほどではないものの、大きかった。

一人ずつ治療していたら日が暮れてしまうかもしれない。

「この街にはあとどのくらい滞在するの？」

「早ければ明後日には帝都へ帰還する。魔物も大体討伐できているから、明日は部隊を休ませたい」

……やっぱり、一人ずつだと間に合わないかも。

別館の中へ入り、広いホールに『これだ！』と思う。

「待って、ディザーク」

負傷者のいる部屋へ行こうとしたディザークを止める。

「ここに障壁を張って、内側に常に治癒魔法を展開するから、動ける人はここまで来てもらうっていうのはどうかな？」

怪我人が治癒魔法のかかった障壁内を通ると怪我が治るという、ベルトコンベアーみたいなやり方である。

「動けない人にはわたしが直接行くけど、一人ずつだと時間がかかっちゃうし、魔法を何度も展開させるより、ずっと展開させ続けていたほうが楽なんだよね」

「魔力の消費は大丈夫か？」

「うん、今は魔力もたっぷりあるから平気だと思う」

そういうわけで、ベルトコンベアー式治療を行うことになった。

別館にいた討伐部隊の人々に声をかけ、動ける人には集まってもらう。ほとんどは自力で動けるようだ。

『障壁よ、外と内とを隔て彼の者を守りたまえ。光よ、障壁の内にて彼の者の傷を癒し続けよ』

掌に魔力を集中させ、目の前に障壁魔法と治癒魔法を展開させる。

淡く虹色に輝く障壁魔法と治癒魔法に、おお、と部隊の人々から声が上がった。

見た感じは縦横一メートル、高さ二メートルほどの長方形のシャボン玉がふよんと立っているようだった。かなり面白い。触れてみると何となく柔らかな感触がある気もする。

まずはディザークが障壁の中へ入る。意外にも膜はするりとディザークを受け入れ、数秒待ってからディザークは障壁の外へ出た。

「問題なく治癒魔法も効いているようだ」

それから、列に並んでもらい、二、三人ずつ障壁の中へと入ってもらい、傷が治ったら出るというのを繰り返す。

ヴェイン様がそばにいるのは、魔力が足りなくなった時にすぐ譲渡できるようにと考えてのことだろう。

……でも、今回の件で気付いたこともあるんだよね。

帝都の治療院で倒れた時は気付かなかったが、昨日倒れた後、入浴中に、なんとなく自分の魔力量が増えているのを感じた。いつもより使える魔力が僅かに多くなった――そんな感覚があった。

もしかしたら魔力は限界まで使い切ると、僅かだが、元々持てる上限値が上がるのかもしれない。

「大丈夫か？」

とディザークに訊かれて頷き返す。

「うん、全然平気。まだ余裕だよ」

それから、二時間ほどかけて怪我人を治療した。

足を怪我して動けないといった人達のところへは、わたしが行って治癒魔法をかけた。怪我人は多かったけれど、幸い、腕や足などを欠損した人はいなかった。

「これでまた剣が振るえる！」

「帝都まで帰れるぞ！」

怪我が治るとみんな、嬉しそうだった。

ディザークもそんな部隊の人達を優しく見ている。部隊を率いているディザークにとっても怪我人のことはずっと気にかかっていたのだろう。

ディザークと部屋に戻るとドッと疲れが出てきた。

ソファーに座り、背もたれに寄りかかっていると、横にディザークが腰掛けた。

「あの治療方法はいいな」

「ベルトコンベアー式？」

「べる……？　とにかく、あれを魔道具で再現できれば、魔物の討伐中に戦闘と治療を両立させられるかもしれない」

……ああ、確かに。

戦闘しながら魔道具で治療区域を作って、怪我をしたらそこに退避しつつ怪我を治し、また戦闘に参加するというのは効率的だ。

「でも常に展開しっぱなしだから魔力消費はそこそこ多そうだね」

「それは仕方がない。小さめの聖障儀に、障壁だけでなく治癒魔法も付与して使えば持ち運びも便利だろう。それに魔力に関しては治癒士が魔道具に魔力を注いでいれば問題はない。これが出来れば、より魔物討伐がやりやすくなる」

そう言ったディザークの表情はいつもより明るかった。

そっとディザークに寄りかかる。

「……リディアンを守れて良かったね」

「ああ」

わたし達は魔物討伐に成功した。

＊　＊　＊　＊　＊

翌日、ディザークと共に昼食に招かれて、統括と三人で食事をした。

料理が多く、とても豪華で、驚いていると統括が笑った。

「これは街の者達が持って来てくれたもので作りました。皆、殿下と聖女様に感謝しているのです」

出された料理はどれも美味しかった。

今日はもう魔物討伐はないが、それでもディザークは忙しそうであった。部隊員や使用した武器や防具などの確認、報告書の作成など、色々とあるようだ。

「街で祭りがあるようですが、お二人もいかがですか？」

と統括に声をかけられて驚いた。

「お祭り、ですか？」

「ええ、魔物の脅威に打ち勝ったお祝いですね。皆、恐ろしい思いをしたので、それを吹き飛ばすくらい、明るく過ごしたいのでしょう。討伐部隊や街の警備隊などは無料で飲食させてもらえるそうですよ」

わたし達が来るまではギリギリの様子だったようだし、警備隊や街の人も何人か魔物のせいで亡くなった。でも、生き残った人達は前を向いて行こうとしているのだ。

……人って凄いなあ。

ディザークを見上げれば、考えるように目を伏せ、そしてわたしを見ると頷いた。

「午後に少しの間だけなら」

そういうわけで、お祭りに行くことになった。

昼食後、わたしは少し休憩し、ディザークは急ぎの仕事を終わらせてから、二人してローブを羽織る。一応、お忍びのつもり。いつも思うがローブって逆に目立つ気がする。

ヴェイン様とノーラさんも一緒に来るが、リーゼさんは帰りの準備をする必要があるからということで来ない。

馬車で統括の屋敷を出てみると、街は随分と賑わっていた。最初にこの街に到着した時は人影もなく閑散としていた通りも、今は大勢の街の人が行き交っている。

屋敷から離れた、祭りの会場である大通りに到着して馬車から降りると、ディザークの手がわたしの手を握る。

「逸《はぐ》れるなよ」

歩き出したディザークについて行く。

この大通りはどこも賑やかなようで、露店からは呼び込みの声がするし、歩いている人達も楽しげに話していて、この辺り一帯がお祭りムード一色といった様子である。

色々なお店が通りに並んでいるけれど、今はお腹が空いていないので食べ物は眺めるだけにしておこう。

「何か欲しいものはあるか？」

「とりあえず、お店を見て回ろうよ。欲しいものがあったら、その時に買うってことで」

「分かった」

露店は食べ物以外にも、日用品や飲み物を売ってて、とにかく種類が豊富で目移りしてしまう。

欲しいものは特にないけれど、見て回るだけで十分楽しい。

「ディザーク、ねえ、あれは何？」

「キラーラビットのツノで作った笛。民芸品だな」

「じゃあこれは？」

「ヴァイパー種の魔物の牙で作った御守りだろう」

どうやらこの露店は魔物の素材で作ったものを売っているらしい。まさにファンタジー。どれも

変わった見た目をしていた。ふとディザークがその中の一つを見た。

「珍しいものがあるな」

伸ばした手が、真っ白な何かを摑んだ。

横から手元を覗き込むと真っ白な蝶々の髪飾りである。

「あ、可愛い」

「おや、お目が高い。それはホワイトスパイダーが捕まえた蝶なんですがね、ホワイトスパイダーには捕まえた獲物を糸で固めて保存しておく習性があるんですよ。糸で包んで二年ほど経つと、糸ごと獲物が真っ白で綺麗な石になるんです」

つまり、蝶々自体は普通の生き物なのだとか。

……へえ、面白い。それに綺麗。

ジッと見つめているとディザークが懐からお金を取り出した。

「これをもらおう」

「彼女さんへの贈り物ですか？　お安くしますよ」

「いや、いい。婚約者への贈り物を値切るつもりはない」

ディザークはお金を渡したかと思うと、わたしが被っているフードの下に手を入れた。けれどすぐに離れていく。

「ああ、やはり黒髪に白が映えるな」

ふ、とディザークが微笑んだ。

頭に触れると蝶々の髪飾りがある。

「……ありがとう」

ちょっと照れくさい気持ちになりつつ、お礼を言えば、ディザークが一つ頷いた。

「お熱いねえ。……お嬢さん、蝶々ってのは同じ場所を飛ぶ生き物でね、どこかへ飛んで行っても必ず戻ってくるってところから、恋人や夫婦には蝶々を模した物を渡すと良いって言われているんだよ」

……それって……。

ディザークを見上げれば、顔を背けられる。髪から覗く耳は赤くなっていた。

「わたしの帰ってくる場所はディザークのところってこと？」

「……他にあるのか？」

訊き返され、わたしは笑ってしまった。

「ううん、ない。ディザークのそばがわたしの帰る場所だね」

この帝国にわたしの居場所があって、ディザークのそばがわたしの帰る場所。誰かが待っていてくれるというのはきっと、とても幸運なことなのだ。

「ありがとう、ディザーク」

ディザークはまた顔を背けたが、繋いだ手がギュッと握られる。

……照れてるの、可愛いなあ。

でも、きっとわたしの顔もちょっと赤いだろう。

それから、適当にいくつかの露店を見て、お土産を買った。二時間程度のお出かけだったけど、楽しかった。

その後、馬車に戻るとディザークが言った。

「俺も行きたい場所がある。少し付き合ってもらえないか？」

「うん、いいよ。どこ？」

「……墓地だ。今朝、討伐部隊の者達が埋葬された」

ディザークの表情は悲しげだった。

「亡くなった人達を帝都に連れて帰れないの？」

「それは難しい。遺体は保存できないし、傷んでくると病が広がる恐れもある。いくつかの遺品だけ預かり、遺体は現地に埋葬するのが通例だ」

ディザークは馬車の小窓から御者に声をかけ、墓地へ向かうように告げた。

「明日には帰還するから、その前に墓に挨拶をしてもいいだろうと思ってな」

「そっか、そのほうがいいかもね」

馬車は賑やかな大通りを離れ、脇道に入る。

途端に外の喧騒が消えて静かになった。

しばらく走った後、馬車がゆっくりと停まる。

馬車から降りると石造りの低い塀と門、柵に囲まれた場所があり、木々が見える。門のところには小屋もあり、ディザークがその近くにいた老人へ声をかけた。

「今朝埋葬された、討伐部隊の者達の墓はどこだ？」

「それなら奥にあります。今日は一日中、ひっきりなしに討伐部隊の方々が来てますからね、今も何人かいるのですぐに分かりますよ」

「そうか」

話していると十歳前後の男の子がカゴを片手に近づいて来た。

「お兄さん達、花はいかがですか？」

どうやらお墓に供える花を売っているようだ。

野の花が小さなブーケにしてあった。

「討伐部隊の方のお墓に供えるなら、一つ買って、一本ずつにしたほうがいいですよ。今日はみんなお花を買ったので、お墓が花だらけなんです」

ということらしい。

「では一つもらおうか。釣りは要らない」

ディザークがお金を渡した。多かったのか、男の子が驚いた顔をする。

「こんなにもらっていいの？」

「ああ、ここで花を売ってくれて助かる。他の討伐部隊の者達にも花を売ってくれたのだろう？きっと亡くなった者達も喜んでいるはずだ」

男の子はニッと笑うと「ありがとう！」と言い、笑顔で駆けて行く。

その背中を見送ってから、墓地の奥へ向かった。

確かに老人の言う通り、討伐部隊の人達のお墓はすぐに分かった。綺麗な白い花がこれでもかというくらい墓前に供えられていて、お墓が埋まってしまうほどだった。

それに討伐部隊の装いの人達もそばにいた。

よく見るとお酒を持っていて、お墓のそばで酒盛りをしているらしい。

近づくわたし達に気付くと彼らは慌てて立ち上がった。

「殿下、聖女様……！」

「お疲れ様です！」

礼を執ろうとしたところをディザークが手で制する。

「いい、楽にしろ。今は俺も討伐部隊の一員として来ているだけだ」

ディザークは言いながら、買ったばかりの小さなブーケを解き、花を一輪ずつお墓に供えていく。

その丁寧な手つきから、亡くなった人々への気持ちが窺えた。

花を供え終えたディザークが右手を左胸に当て、略式だが礼を執る。わたしも胸の前で両手を組み、亡くなった人達が安らかに眠れるように祈った。

しばし祈った後で顔を上げると、ディザークも礼を解いた。

亡くなったのは知らない人ばかりだが、とても悲しくて。

ディザークはずっと、何かに耐えるように手を握り締めていた。

わたしはそんなディザークに何も言えず、ただ、そばにいることしか出来なかった。

……ディザークのせいじゃないって言うのは簡単だけど。

多分、ディザーク自身が一番自分を責めて、責任を感じているだろうから、そんな薄っぺらい言葉をかけても意味はない。言葉をかけないほうがいい時もある。

黙ってお墓を眺めていると横から声をかけられた。

「その、聖女様、今、お時間よろしいでしょうか……？」

どこか緊張した様子の討伐部隊の人達に疑問を感じながらも頷いた。

「はい、大丈夫です」

その人達は顔を見合わせると、バッと頭を下げた。

「聖女様、今回の討伐では治療をしてくださり、ありがとうございました!!」

と声を揃えて感謝されて、わたしはギョッとした。

慌てて頭を下げている人の肩に触れる。

「顔を上げてください！　わたしは皆さんと同じく、自分の仕事をしただけです」

「そうだとしても、聖女様は治癒魔法で多くの者達の怪我を治してくださいました！　本当にありがとうございます！」

「分かりました！　分かりましたから本当に顔を上げてください！　頭を下げられていると落ち着かないんです！」

わたしも同じくらいの大声を出してしまい、顔を上げた人達がおかしそうに笑う。わたしもそれに釣られて噴き出してしまった。

「皆さんが無事で良かったです。わたしは戦えないので、討伐部隊の皆さんは凄いと思います」

何故か、その場の全員が顔を見合わせる。

ディザークが思わずといった様子で口を開いた。

「本当に戦えない者は、ワイバーンの口に高温の兜を突っ込んだりはしないと思うが……」

「あれはワイバーンもつらかっただろう」

うんうんと頷くヴェイン様にみんなが苦笑する。

……もしかして全員に広まってる!?　なんで!?

驚いていると討伐部隊の人達が「アルノーさんが話してくれて」「エーベルスさんに教えてもらいました」とめいめいに一人の名前を口に出した。

一瞬、エーベルスさんがいい笑みを浮かべている姿が頭をよぎる。

……犯人はお前か〜っ!!

「エーベルスさんが喋れないよう魔法で封じておくべきでした」

とわたしが言えば、全員が笑った。おかげでその場の空気が和やかなものへと変わったし、ディザークの表情も柔らかくなって、重苦しい雰囲気は消えた。

「障壁と風の刃といい、熱した兜といい『聖女様式魔物討伐法』は面白いと、部隊の中でも話題ですよ。魔法が使える者達は今後、真似をするかもしれませんがよろしいでしょうか？」

「……お好きにどうぞ……」

なんとも言えない顔をするわたしの頭をディザークが撫でる。

「そんな顔をするな。特に、障壁と風の刃という組み合わせは討伐中に大量の魔物に囲まれた時に使える。部隊の消耗も抑えられる上に魔物も討伐できて、今後の討伐部隊の戦い方も変わってくるだろう」

「うーん、まあ、役に立ったならいいんだけど……その『聖女様式魔物討伐法』っていう呼び方は恥ずかしいからやめてほしいです」

「分かりやすくて良いと思うが、サヤが嫌がるなら皆にそう伝えておこう。……お前達も別の呼び方にしておいてくれ」

ディザークの言葉に部隊の人々が「承知いたしました」と礼を執る。

ふわりと吹いた風が、白い花びらを巻き上げていった。

第5章　その後の話

リディアンの街で濃い三日間を過ごし、わたし達は帝都へ帰還することとなった。

出立の朝、統括が見送りに出てくれた。

「殿下と聖女様にはリディアンの街を助けていただき、皆を代表して心より感謝を申し上げます。本来ならばもっときちんとおもてなしをするべきでしたのに……」

「いや、街も貴殿も大変な状況だ。十分もてなしは受けたし、我々も帝都へ帰還してまだ仕事をせねばならない。街のことは頼んだぞ」

「はい、殿下！　リディアンはすぐにまた明るい街となるでしょう！　殿下と聖女様から賜りましたご恩を胸に、私も民も街の更なる発展と復興に尽力いたします！」

と泣くのを堪えながら感動した様子で統括は言った。

国からの支援もあるだろうから、きっと大丈夫だろう。

統括は最後まで泣きそうな様子でわたし達を見送ってくれた。

屋敷を出て、討伐部隊と馬車がゆっくりと進み出すと、通りの左右に街の人々がいた。

「討伐に来てくれてありがとう！」

「殿下、聖女様ー!!」

「ワイバーンや魔物の討伐ありがとう!」

と人々が大きな声で見送ってくれる。

亡くなった人もいるけれど、助けることが出来た人達もいる。みんな笑顔だった。わたし達はこの笑顔を守れたのだ。

途中、治療院の前も通ると、そこには一緒に治療に当たった治癒士達やデボラさん、一緒に多分わたしが治療をした人々がいた。

やっぱり馬車に向かって手を振ってくれていて、わたしも手を振り返す。ほんの僅かな時間だったけれど一緒に過ごせて本当に良かった。

大勢であれこれ言うから全然聞き取れないものの、その表情を見れば、悪い言葉でないことは分かる。

思わずわたしは窓から身を乗り出していた。

「皆さん、どうかお元気で!!」

街の人々は最後まで笑顔だった。

門を越え、森に出るとその静けさに驚いてしまった。

しかし、ふと見上げると、外壁の上にいた兵士達が礼を執って見送っている姿があり、助けられて良かった、と心の底から思った。

魔物の異変が収まったこともあり、帰りの道中は穏やかなものだった。魔物一匹出ない。おかげで順調に帝都へ帰還できそうだ。

休憩中、ディザークとエーベルスさんが話していたので、ふと思い出したことを訊いてみた。

「そういえば、エーベルスさん、わたしがワイバーンに兜を呑み込ませた話を皆さんに広めました？　なんか『聖女様式魔物討伐法』とか呼ばれて恥ずかしいんですけど」

「いやあ、ディザーク様と聖女様の勇姿について皆に話したんですが、思いの外、広まるのが早くって」

悪びれた様子のないエーベルスさんをジロリと睨むが、全く気にしていないようだ。

「リディアンまでの道中といい、聖女様は守りだけでなく戦いにも優れていらっしゃるとは。神はなんと素晴らしい聖女様を我々に遣わしてくださったのでしょう」

わざとらしく言うエーベルスさんにディザークが苦笑する。

「全くその通りだ。サヤのおかげで討伐は随分、楽だった」

役に立てたのは嬉しいが、手放しで喜べない気もする。

ムッとするわたしを他所《よそ》にエーベルスさんは笑った。

「いいじゃないですか。聖女として、討伐部隊に貢献したとなれば、より盤石な地位を築けますよ」

……そういう問題ではない気がするが……。

上手く言葉にも出来なくて、わたしは一つ溜め息を吐いた。

＊　＊　＊　＊　＊

そうして四日後、無事帝都に到着した。

ヴェイン様の水鏡でディザークから皇帝陛下に報告を済ませてあったそうで、帝都に帰ると、街全体がお祭り騒ぎだった。ワイバーン討伐の話はもう広がっているらしい。

馬車で街に入ると人々から声をかけられた。

「ワイバーン討伐おめでとうございます！」

「魔物討伐ありがとう～!!」

「殿下、聖女様～!!」

通りに並んだ人達から手を振られ、馬車の中から振り返しつつ、どうかワイバーン討伐の詳細までは広がりませんようにとひそかに祈る。

ワイバーンに熱した兜をぶち込む聖女と認識されることについては、些《いささ》か思うところがあった。

だが、街の人々の明るい笑顔を見ているとそれも些細《ささい》なことである。

魔物を、ワイバーンを倒せるくらい強い討伐部隊がいるというのは、それだけで人々に安心感を与えてくれるだろう。

約二週間ぶりにわたし達は帰って来た。

城に到着するとすぐに皇帝陛下に呼ばれて、ディザークとヴェイン様と共に向かう。リーゼさんもついて来たが、ノーラさんは荷物の片付けのために離宮へ一足先に帰った。

皇帝陛下の政務室に通される。

「やあ、お帰り。討伐ご苦労様」

気軽に手を上げて挨拶をする皇帝陛下は笑顔だったけれど、なんだか怖い。

「話はディザークから聞いているよ。サヤ嬢、また無理をしたそうだね？」

ギクリと肩が揺れてしまった。

「あー、ええっと、わたしもわざと無理をしようとしたわけではなくて、リディアンの街の状況とかワイバーンとか、色々ありまして、だからその、やむを得なかったと言いますか……」

視線を彷徨《さまよ》わせながら話すわたしに、皇帝陛下がやはり笑顔で言う。

「サヤ嬢の警備を今後はより強化させてもらうよ」

「……はい……」

つまり、無理をさせないように監視を増やすという意味だろう。

聖女になってから既に二度も倒れたので仕方がない。

それから、ディザークが今回の討伐遠征について報告するのを聞きながら、濃い二週間だったなと改めて思う。皇帝陛下も安堵した様子で小さく息を吐いた。

「サヤ嬢が無理をしたのは問題ではあったが、ワイバーン相手では致し方ない。ディザーク、サヤ嬢、ヴェイン、よくワイバーンを討伐してくれた」

「ワイバーンってそんなに危険な魔物なんですか？」

「一匹でいくつもの街を破壊できるからね。どの国でも災害級の魔物として扱われている。それをまさかたった三名で倒してしまうなんて、普通はありえないことだよ。サヤ嬢、爵位は要るかい？」

「あ、そういうのは要りません」

「だろうね。まあ、貴族に迎えられるくらいには凄いことだと覚えておいてほしい」

それにはとりあえず頷いておいた。

話が落ち着いたところで、ディザークが問う。

「帝都のほうは何事もありませんでしたか？」

皇帝陛下が何故か苦い顔をする。

……何かあったのかな？

ディザークとちょっと顔を見合わせていると、皇帝陛下が重々しく口を開いた。

「バルバラ・ペーテルゼン公爵令嬢が死んだ」

「え……」

バルバラ・ペーテルゼン。ペーテルゼン公爵家の令嬢であり、ディザークの元婚約者候補の一人であり、そしてわたしをドゥニエ王国に戻そうと画策した人でもある。

ドゥニエ王国の王太子と結託していたけれど、作戦は失敗に終わり、色々あって王太子の下《もと》へ嫁ぐことが決定していたはずだ。

「どうして亡くなったんですか？」

「レーヴェニヒ伯爵令嬢——……ディザークとサヤ嬢の婚約発表の場で、君にワインをかけようとした令嬢がいただろう？」

あのパーティーの後、レーヴェニヒ伯爵令嬢はペーテルゼン公爵令嬢からあっさり切り捨てられ、社交界でも爪弾きにされ、婚約者からも婚約を破棄されたそうだ。

レーヴェニヒ伯爵家も少なくない損害を受けたらしい。

そうして貰い手のないレーヴェニヒ伯爵令嬢は修道院へ入れられることが決まっていた。もはや貴族の令嬢として生きていけないだろう。

レーヴェニヒ伯爵令嬢の怒りや嘆きが向かったのが、ペーテルゼン公爵令嬢だった。

他の家が主催していた夜会に紛れ込み、出席していた公爵令嬢を隠し持っていたナイフで刺したのだそうだ。

ナイフに毒が塗ってあったようで、治癒魔法をかけられたものの、ペーテルゼン公爵令嬢はそのまま亡くなってしまった。しかも塗られていたのは猛毒だったらしく、公爵令嬢は苦しみ抜いた末に死ぬという凄惨な最期を迎えたのだとか。

レーヴェニヒ伯爵令嬢はその場で捕縛された。

何故レーヴェニヒ伯爵令嬢がペーテルゼン公爵令嬢を刺殺したのかという話から、令嬢達が声を上げ、その結果、公爵令嬢の悪行の数々が露呈した。

令嬢達の中で意見の合わない者を家柄を笠に着て爪弾きにしたり、美しいと有名だった令嬢をならず者に襲わせたりと、彼女は社交界の中心が常に自分でなければ気が済まない性格だったようだ。

それに他者の持つものを奪い取ることも珍しくなかった。

ペーテルゼン公爵家は多くの貴族から娘の悪行を告発され、訴えられ、苦しい状況に置かれているそうだ。自身が与《くみ》している派閥での立場も地に落ちたらしい。

バルバラ・ペーテルゼンが死亡したことにより、彼女が王太子の側妃となる話は立ち消えた。この件で帝国と王国が仲違いをしていないと示し、友好関係を維持するためにも、使者だけは送る予定らしい。

「レーヴェニヒ伯爵家と令嬢は情状酌量の余地ありとして処罰は軽いものとなると思うが、令嬢は結婚など出来ないだろう。ペーテルゼン公爵家はこれまでの悪事からして恐らく、公爵位の剝奪、場合によっては処刑となる可能性もある」

皇帝陛下にとっては頭の痛い話のようだ。

「そんなことはあったが、他に大きなことはなかった」

「そうですか。……では、ペーテルゼン公爵家からドゥニエ王国の王太子に誰かが嫁ぐという話はなくなったんですね」

「ああ、ドゥニエ王国としてはむしろホッとしているだろうね」

そこで、話題を変えるように皇帝陛下が言う。

「そうそう、王国といえば、次の魔力充塡の予定を組みたいそうだ。サヤ嬢は希望する日程はあるかい？」

「わたしはいつでも大丈夫です」

「そうか。ではこちらで君の予定とすり合わせて、上手く調整しておこう。王国の聖女も君に会いたがっているとのことだ」

それにわたしは苦笑した。

「この遠征中は連絡を取っていなかったので、心配させてしまったかもしれませんね」

……あとでヴェイン様にお願いして水鏡を繋げてもらおう。

何はともあれ、今回の討伐は無事終わったのだった。

＊　＊　＊　＊　＊

ディザークの離宮へ帰るとホッとした。まだ、ここで暮らし始めて数ヶ月しか経っていないけれど、わたしにとってはもうここが我が家である。

正面玄関で使用人達に出迎えられ、自室へ戻れば、マリーちゃんにギュッと抱き着かれた。

「サヤ様～っ、ご無事で何よりです～っ!!」

半泣きのマリーちゃんは、なんだか王国にいた頃を思い起こさせる。帝国に来てからは侍女としてメキメキと成長して落ち着いてきていたけれど、マリーちゃんのこういうところがわたしは好きだ。

「心配かけてごめんね」

「ワイバーンと戦ったと聞いた時はもう、心臓が止まるかと……!!　でもワイバーンを倒すなんてさすがサヤ様です……!!」

「トドメを刺したのはディザークだけどね」

結局、マリーちゃんは泣いてしまって、リーゼさんとノーラさんが甲斐甲斐しく涙を拭ってあげていた。侍女同士の仲が良くて何よりである。

「そうだ、ヴェイン様、また香月さんと水鏡で繋げてもらえますか？」

「うむ、構わないぞ」

ヴェイン様が頷き、わたしの前に水鏡を出してくれる。

そこには聖女の装いをした香月さんが映っていて、もう何度も水鏡で話しているからか向こうも驚いた様子はなかった。

「篠山さん！」

と嬉しそうな様子で香月さんが水鏡を覗き込んでくる。

「今、時間大丈夫？」

「うん、大丈夫。丁度、治療院でのお仕事が終わって帰ってきたところ。大体、いつも夕食まで少し自由時間があるの」

そう言った香月さんの表情は明るくて、毎日が楽しくて仕方がないようだった。

「前回から連絡できなくてごめんね。ちょっと魔物討伐に行ってて……」

「えっ、魔物討伐っ？　篠山さん、大丈夫!?　怪我してない!?」

「ありがとう。この通りなんともないよ」

「良かった～……」

香月さんにこの二週間にあったことを要約して話した。

話を終えると香月さんがムスッとした顔をする。

「篠山さん、無茶しすぎだよ！」

と怒られて、わたしは「あはは……」と頬を掻いた。

正直に言えば、わたしが一番驚いている。わたしにも、こんなに誰かを助けたいとか、守りたいとか、そういう気持ちがあるとは知らなかった。

「さすがに自分でもその自覚はあるよ」

「いくら聖女になったといっても、私も篠山さんも、まだこの世界に来たばかりだし、魔法だって完璧に守ってくれるとは限らないんだから、無茶しちゃダメ！」

「はい、おっしゃる通りでございます」

……でも、怒る香月さんもちょっと可愛い……。

「それに関してはもうディザークや皇帝陛下から散々怒られたし、今後はちょっと控えるというか、無理はしないように気を付けるよ」

「当たり前だよ！　私だって助けられる人がいたら頑張って助けようって思うけど……篠山さんに何かあったら嫌だよ」

しょんぼりとする香月さんにわたしはもう一度謝った。

「そうだよね、ごめんね。あ、でも一つ良い魔法を思いついたの。次にこっちへ来た時に教えるね」

「良い魔法？」

「うん、使えるようになったらきっと香月さんのためにもなると思う」

まだ魔法を練習中の香月さんだけど、目的があったほうがより取り組みやすいだろう。障壁を張って、中に治癒魔法を展開させるあの魔法を覚えれば神殿の治療院での仕事も捗《はかど》るはずだ。

「私ね、光属性が一番得意みたいで、他の属性の魔法はやっぱりまだ初級の弱いものしか使えないけど、治癒はかなり使えるようになったんだよ」

「そうなんだ。障壁魔法はどう？」

わたしの問いに香月さんは目を逸らした。

「それはちょっと苦手で……」

「障壁魔法が出来るようになると便利だよ。魔法の訓練をする時に障壁を張っておけば、失敗しても周りに被害は出ないし、一度に複数の魔法を同時に使うことになるからそれ自体も訓練になるし」

「なるほど」

お互いの近況報告をしてから水鏡を解いてもらった。

……次って言ったけど、会えるかどうかは帝国と王国の話し合い次第だろうな。

神殿での仕事もあるなら予定が合わない可能性もある。

しかし、香月さんの様子からして、多少無理をしてでも会いに来そうな予感はする。

彼女の面会要請を頻繁に受け入れるわけにはいかないが、教えたい魔法もあるし、帝国が許可するなら次の魔力充塡で会えるだろう。

「ありがとうございます、ヴェイン様」

「うむ」

水鏡での通話を終え、ヴェイン様やマリーちゃんと話していると、部屋の扉が叩かれた。

マリーちゃんが応対し、ディザークが入って来る。

「あ、お帰り。早かったね」

「ああ、まだ仕事は残っているが今日は早めに終わらせた。俺がいつまでも仕事をしていては、他の者達も休めないからな」

ディザークがわたしの横に座り、腰を抱き寄せる。

はあ、とディザークが小さく息を吐いた。

「言っておくが、今回の遠征でお前が無理をしたこと、俺はまだ許していないぞ」

「げっ」

「兄上は監視を増やすと言っていたが、それでサヤが静かにしているとは思えん」

……信用ないなあ。まあ、それもそうか。

自分のこれまでを思い返し、笑って誤魔化した。

たとえ監視が増えても、好き勝手やる時には多分やる。

「……どうすればお前は加減を覚えるのか……」

ディザークの手がわたしの頬に触れる。

その柔らかな手つきにドキリとした。

ジッと見つめられて、顔が近づいてくる。

……キスされる。

目を閉じて、でも、いつまで待っても予想した感触が訪れてくれず目を開ければ、間近にディザークの紅い目があった。唇が今にも触れてしまいそうな距離だった。

「なるほど」

とディザークが呟いて顔と手を離した。

せっかく久しぶりに触れ合える時間が出来たのに……。

「ディザーク……？」

「今後サヤが無理をするたびに、数日、触れ合いや口付けは禁止しよう」

「え」

それは、わたしが無茶をしたらディザークと恋人らしい触れ合いも時間も持てないということで。

「えええええっ!?　それわたしもディザークも良いことないよ!?」

「分かっている。だが仕方がない。約束を破るなら、なんらかの罰があるべきだろう」

「そんなぁ……」

あっさり離れたディザークが立ち上がった。

思わずその袖を摑んだものの、ディザークも困った顔をする。

しかし、それ以上は何もなく、一度決めたら決意は変えないディザークらしかった。

「お前が無理をするたびに俺も、周りも皆、心配なんだ」

分かってくれ、と頭を撫でられたら何も言い返せない。

「続きは明日に」

と言ってディザークは自室に戻って行った。

その日は本当に恋人らしい時間がなくてショックだった。

翌日からは元に戻ったけれど、わたしのダメージは大きくて、今後、無茶はやめようと誓ったのだった。

＊　＊　＊　＊　＊

討伐遠征の帰還から二週間。

ドゥニエ王国より、また魔力充塡のために使者と聖障儀、そして香月さんがやって来た。

今日は香月さんも来ると事前に伝えられていたので、マルグリット様とも連絡を取って、もう一度三人で会えるようにした。

別々に魔法を教える手間を省くため、という名目だったが、香月さんはとても喜んだ。

「またこうしてお会い出来て嬉しいです、マルグリット様！」

「私《わたくし》もユウナ様にまたお目にかかれて嬉しいですわ。本日もどうぞよろしくお願いいたします」

「こちらこそ、よろしくお願いいたします！」

今回もディザークは使者の応対に回り、わたしが使者と話さなくて済むように取り計らってくれた。おかげでわたしは香月さんやマルグリット様とのんびり話が出来る。

「まずは聖障儀に魔力充填をしてしまいますね」

立ち上がったわたしに香月さんが「あ！」と顔を上げる。

「あの、その、私も一つ、挑戦してみてもいいかな……？　訓練はしてきたけど、まだ聖障儀に魔力充填をしたことがなくて……」

「うん、いいと思うよ。もし魔力の充填が足りなければわたしが追加で補充するし」

香月さんが魔法や魔力操作の訓練を頑張っているのは聞いている。だからこそ、経験してみるのは大事だろう。

マルグリット様も笑顔で頷いた。

「そうですね、何事も経験と言います。聖障儀は聖属性の魔力以外は受け付けないので、属性魔力だけを注ぐ良い練習になるでしょう」

わたし達の話を聞いていた聖騎士が動く。

聖騎士二人が一つずつ箱を運んで来てテーブルに置くと、蓋を開け、中から聖障儀を取り出した。

一つは香月さんの前に、もう一つはわたしの前に。

……この聖騎士さん達は香月さんのこと、ちゃんと考えてくれてるんだなあ。

わたしの前に置かれた聖障儀は、恐らく、香月さんのお手本としてわたしが魔力充填を行えるようにとの配慮だろう。元々そのつもりだったが、わたしが頼む前に動いてくれるとは。

「ありがとうございます」

声をかけると聖騎士は目礼し、静かに下がる。

その聖騎士を香月さんがジッと見つめている。

……そういえば、この人、見覚えがある。

それから改めて聖騎士と香月さんを見て、やっぱり、と納得した。

しかしこれについてわたしが口を挟むのは無粋だろう。

「じゃあ、香月さん、まずは聖障儀を膝の上に置いて」

「うん」

わたしと香月さんは目の前にあるそれぞれの聖障儀を手に取り、落とさないように膝の上に置く。

「まずは聖障儀の球体に両手で触れて……そう、前に片手からもう片方の手に魔力を流す練習をしたよね？　あれと大体は同じだよ。いきなり両手は難しいから、魔力を流しやすいほうの手から少しずつ流してみるといいと思う」

「分かった、やってみる……！」

香月さんが聖障儀の球体部分に触れて、真剣な表情でジッと手元を見つめる。

集中すれば、香月さんの体に流れる魔力の動きが僅かに感じられた。両手で触れているけれど、右手から少しずつ、魔力がじわじわと聖障儀へ注がれていく。

真っ白だった聖障儀が僅かに色を帯びる。

よほど集中しているのか香月さんは呼吸も止めていた。その額には汗が滲んでいるけれど、声をかけたら集中が途切れてしまいそうで、ただ見守ることしか出来なかった。

数秒後、香月さんが聖障儀から手を離した。

「っ、はぁ、はぁ……っ！」

　呼吸を乱す香月さんはなかなかつらそうだった。

　マルグリット様が水をグラスに注いで香月さんへ渡し、香月さんがお礼を言ってそれを飲み干した。その額に浮かんだ汗に聖騎士がそっとハンカチを当てる。

　それに気付いた香月さんがふわりと可愛く笑う。

「ハイネンさん、ありがとうございます」

「いえ……」

　香月さんは嬉しそうにハンカチに触れ、聖騎士が照れた様子でそそくさと下がる。

　……青春だなあ。

「香月さん、どう？　魔力充塡は出来そう？」

「慣れれば出来ると思う。……でも、魔力譲渡と違って、聖属性の魔力だけを分けて入れなくちゃいけないから、魔力充塡のほうがずっと難しいかも……」

　膝の上にある、ほのかに色付いている聖障儀を残念そうに香月さんが眺める。

　わたしもその間に魔力充塡を行うけれど、そんなにつらいとは感じなくて、どうしてだろうと不思議に思った。

　香月さんも同じ疑問を感じたようだ。

「篠山さんは全然つらそうじゃないよね……？」

「うーん、どうしてだろう？　やってることは同じだと思うけど……」

それまで黙って控えていたヴェイン様が口を開いた。

「サヤは魔力量が多いからだ。王国の聖女の魔力総量が三だとすると、サヤの魔力総量は六以上ある」

「え、そんなに違うんですか？」

「うむ。それほど差があれば、聖障儀に魔力を一分けるだけでも、王国の聖女のほうがつらいだろう」

……なるほど、魔力量の差か……。

わたしが結構魔力を持っているから、香月さんも同じくらいあるのではと思っていたけれど、そもそも総量が違えば同じことをしても疲労度は異なる。

香月さんは理由が分かって納得しつつも、どこか気落ちしている。

「そっか、私は魔力も少ないんだ……」

あ、とマルグリット様と顔を見合わせた。

……しまった。香月さんにはショックだよね。

どうフォローしようか焦っているとヴェイン様が首を傾げる。

「何を落ち込むことがある？　王国の聖女よ、おぬしは人間の中では相当な魔力量だ。それを誇るがいい。ハッキリ言うが、サヤが異常なのだ。普通、人間はこれほどの魔力は持たない」

「それだとわたしがおかしいって聞こえるんですけど！」

「そう言っている。そもそも、異世界の人間なのだからこの世界の人間とは魔力の総量が異なるのだろう。その中でもサヤは特に魔力が多かった。それだけのことよ」

ぐりぐりと後ろからヴェイン様に頭をこねくり回される。振り払いたいが、結構力が強くて敵わない。

「他者と比べても何も始まらんぞ。己の持つ能力を信じ、それを高め、生かしていくことが大事ではないか？　おぬしには信じて支えてくれる者達がいるのだろう？」

ヴェイン様の言葉に香月さんがハッと振り向く。

そこには聖騎士達がいて、全員が頷いた。

「……そう、そうですね、私は私の出来ることを頑張ればいいんですよね」

香月さんの表情から暗さが消える。

聖騎士達がそんな香月さんを優しい眼差しで見つめていた。

「さあ、香月さん、もう一回魔力充塡してみよっか！」

パチンと手を叩いて場の空気を変えた。

「今の感覚を忘れないうちにね。……そこの聖騎士さんは香月さんの横に来てください。魔力充塡すると凄くお腹が減るので、香月さんがすぐに何か食べられるように待機していてくれますか」

と声をかけたらその聖騎士は戸惑っていたけれど、マルグリット様が頷くと、香月さんのそばの床に片膝をついた。

……まあ、今はこれでよしとしておこう。

「はい、じゃあ香月さん、聖障儀に手を触れて」

「うんっ」

「焦らなくていいから、まず先に聖属性の魔力を分けてから充塡してみたらどうかな？　分けて、注いで、分けて、注いでってするの」

それなら属性を分ける、注ぐという二つの作業を並行して進めなくて済むし、時間はかかるけれど、確実に聖属性の魔力だけを注ぐことが出来る。

また香月さんが魔力を注ぎ始め、聖騎士達もジッとそれを見守っている。みんな、香月さんを心配しているようだった。

きっと神殿ならば、香月さんも頑張っていけるだろう。

「はぁ……！」

息継ぎをする香月さんに、そばに控えていた聖騎士が心配そうに「大丈夫ですか？」と声をかけ、香月さんが大きく頷く。その様子を微笑ましく思いつつ、わたしは膝の上に載せていた聖障儀に満タンまで魔力を注ぎ、箱へ戻す。

それから他に残っている聖障儀の箱に近づき、一気に魔力を充塡する。今回は前回より聖障儀の数が少ないらしい。

……魔力総量の差もあるだろうけど……。

香月さんは魔力の操作が苦手のようだから、魔力充塡を行うのも慣れていなくてつらいのかもしれない。でも、多分慣れたら素早く出来るようになるだろう。

結局、香月さんは聖障儀をグレーまで染めることが出来たので、魔力も半分近くまでは入れられたみたいだ。残りはわたしが充塡し、それから二人でお菓子を食べる。

「……元の世界でこんなに甘いものを食べていたら、絶対太ってるよね……」

「香月さん、この世界には便利な魔法があるんだよ」

「魔法は本当に魔法だね……！」

改めて感動しながら食べるわたし達に、マルグリット様と聖騎士達が不思議そうな顔をしていた。

お腹が満たされるまでしっかりお菓子を食べてから、今日、教えたかった魔法の話について二人に切り出した。

「それで、本日集まっていただいた一番の理由である魔法の話ですが……」

香月さんとマルグリット様がわたしを見る。

「治療院で使える魔法でして、障壁と治癒の両方が使える人なら誰でも使用できると思います」

「つまり、障壁と治癒、二つの魔法を組み合わせるのですか？」

「はい、そうです」

マルグリット様の言葉に頷き、ソファーから立ち上がる。

何もない空間へ手を翳し、魔法の詠唱を行う。

『障壁よ、外と内とを隔て彼の者を守りたまえ。光よ、障壁の内にて彼の者の傷を癒し続けよ』

最初に障壁を張り、次に内側に治癒魔法を展開させる。

振り向いて、聖騎士達や香月さんに声をかける。

「香月さん、聖騎士さんでも構いませんが、試しに中に入ってみていただけますか？　もちろん、効果については既に討伐遠征の際に確認済みですので」

　香月さんが立ち上がった。

「私、入ってみたい！」

「その、よろしければ私も試してみたいです」

　香月さんのそばにいた聖騎士も手を挙げた。

「どうぞどうぞ」

　まず、聖騎士がそっと障壁に触れる。

　障壁が聖騎士を拒むことはなく、するりと指先が障壁をすり抜け、そのまま中へと進む。

「これは……！」

　聖騎士が驚いた様子で障壁を見上げる。

　香月さんも中へ入ると「わ、体が軽くなった！」と嬉しそうな声を上げ、聖騎士と同じく障壁を見上げた。

　マルグリット様が立ち上がって障壁に近づき、眺める。

「障壁魔法を最初に張り、その中に治癒魔法を展開することで、本来は霧散してしまう魔力をこの中に残しているのですね。……これでしたら、常に中が魔力で満たされていて、必要最低限の魔力量で治癒魔法を展開し続けられる……？」

　マルグリット様はぶつぶつと呟きながら、障壁に触れてみたり、手を入れてみたり、まるで研究者のような眼差しで調べ始めた。

「これなら動ける人は自分で入り、怪我が治ったら出て、次の怪我人がまた入るだけなので、一人の治療にかかる時間が減ります」

障壁から出てきた香月さんはちょっと興奮していた。

「凄い凄い！　治療院でこれが出来れば、もっと沢山の人を癒せるよ！」

「……ええ、そうですね、この魔法はとても良いと思います」

思考の海から戻ってきたマルグリット様も頷いた。

「先ほどは障壁と治癒の両方が使えればと言いましたが、片方ずつしか使えなくても、二人一組になって魔法を重ねれば結果は同じですし、一人で二つ魔法を展開させるより長時間使えるかもしれません」

気付けば香月さんやマルグリット様だけでなく、ディザークや使者、聖騎士達も黙ってわたしの話に耳を傾けていた。

「これが出来れば、治療院で大勢を救えるのはもちろん、魔物討伐でも怪我人を減らせますよね。さすがに重傷者は個別に治癒魔法をかけたほうがいいと思いますが、軽い怪我なら、これで治せます」

マルグリット様がわたしの手を握る。

「サヤ様、これはとても素晴らしい魔法です。是非、治療院で試してみたいと思います。今までは一人一人に治癒魔法をかけていたので、魔法を展開するのに時間がかかり、受け入れられる人数に制限がありましたが、これならばより多くの方々を救うことが出来ます」

ギュッとマルグリット様の手がわたしの手を握る。

香月さんがそろりと手を挙げた。

「あの、でも、これって教えてもらって良かったのかな？　帝国にとっては隠していたほうが良かったんじゃあ……」

香月さんの心配する声にわたしは頷いた。

「大丈夫、皇帝陛下から許可は得てるよ。帝国の利益も大事だけれど、多くの人々の幸福を考えるのも大事なことだって」

……黙っていれば帝国はもっと強国になれるのにね。

この魔法——面倒だから範囲回復魔法と呼ぼう——があれば、魔物討伐もそうだが、戦争でも有利になれる。

それに皇帝陛下が気付かないはずがない。

……まあ、この国にはドラゴンがいるから、戦争の心配なんて元からないんだろうけど。

それでも自分が有利になれる手を公開するというのは勇気が要るだろう。

「だから、マルグリット様も香月さんも、聖騎士さん達も、この魔法を使って多くの人を救ってあげてください。わたしも、これからもそうあれるよう努力します」

マルグリット様の手を握り返して微笑む。

ぽん、と肩にディザークの手が触れた。

「努力は大事だが、自分の身も大事にしてほしいと俺は思う」

それに動揺して、魔法が消えてしまう。

「あー、えっと、善処します……？」

誤魔化そうと視線を逸らすと、香月さんが『思い出した！』というような顔でこちらを見ていた。

この話題は藪蛇だったようだ。

「サヤ」

「篠山さん！」

後ろからはディザークが、前からは香月さんが詰め寄ってくる。

「分かった、分かりました！　もう絶対無理はしません！　もし無理をしそうな時は前もって申告します！」

「絶対無茶しないって約束して、篠山さん」

「う……む、無茶しません……！」

香月さんにズズイと詰め寄られ、わたしはなんとかそう答えた。

背後から援護射撃のようにディザークの声が降ってくる。

「もし約束を破ったら、分かっているな？」

「っ、はい……」

ディザークを好きになって、両想いで、婚約者としても恋人としても付き合っているのに、恋人らしい時間を過ごせないのは結構しんどい。それはこの間の件でよく理解した。

肩を落としたわたしに香月さんやマルグリット様達が小首を傾げ、不思議そうにしていたが、これに関しては黙っていた。

　ディザークがわたしの頭を撫でる。

「とにかく、この魔法に関しては陛下の了承を得ている。神殿でも気にせず、人々を救うために使ってほしい」

「はい、陛下のお心遣いに感謝申し上げます」

　マルグリット様だけでなく、聖騎士達も礼を執る。

　範囲回復魔法はあっという間に広がるだろう。

　そして多くの人が助かるなら、それはきっと、素晴らしいことだ。

「私もこの魔法、使えるようになりたい」

　香月さんの言葉にわたしは頷いた。

「うん、いい目標だと思う。二つの魔法を同時に使用しないといけないし、ずっと維持し続けるのは魔力充塡に通じるところがあるし、使えて損はないかも」

　わたしはその場で紙に詠唱の言葉を書いて、マルグリット様と香月さんの二人に渡した。マルグリット様が言う。

「試してみてもよろしいでしょうか？」

「はい、どうぞ」

　マルグリット様は紙を片手に立ち上がり、空いている場所へもう片方の手を翳して詠唱を行う。

　すると、そこに障壁が張られた。

次に内側に治癒魔法を展開させる。

初めて使う魔法だからか、一つずつ確かめるようなゆっくりとした展開速度だったが、マルグリット様は一発で発動させた。しかもわたしより障壁が薄くて、でも内側の魔力が逃げないギリギリの厚さである。これならばより魔力の消費が抑えられるだろう。

「マルグリット様、凄いです」

聖女として魔法を扱ってきた時間はマルグリット様のほうがずっと長く、魔力や魔法の繊細な操作についてもわたしより絶対に上だ。

「いいえ、サヤ様にお手本を見せていただけたからこそ出来ましたが、まさか聖属性魔法でも種類の異なる魔法をこのように併用するなど私《わたくし》は考えもしませんでした。これは素晴らしい魔法です。誇ってください、サヤ様」

治癒魔法と解毒魔法を同時に使用することはあっても、障壁魔法と治癒魔法は同じ聖属性魔法でも全く異なる魔法なので、それらを合わせるというのは画期的らしい。

「ありがとうございます」

「あの、聖女様、我々も使っても良いでしょうか？」

聖騎士の問いにわたしは香月さんを見る。

「もちろんどうぞ。詠唱の言葉は香月さんから聞いてください」

聖騎士達が嬉しそうに顔を見合わせ、そして感謝の気持ちを表してか、わたしへ礼を執った。

王国にあのままいたら、たとえわたしに聖女の素質があると分かっても、こんな風に接してもらえることはなかったような気がする。やはり帝国に来て正解だった。

そっとディザークの手がわたしの手を握る。

見上げればディザークが微笑んだ。

良かったなと言われた気がして、わたしも笑顔でディザークの手を握り返したのだった。

＊　＊　＊　＊　＊

遠征から帰還して三週間が経った。

特に何事もなく、勉強をしたり聖女としての奉仕活動をしたりと、毎日それなりに忙しく過ごしていた。

その日も家庭教師からダンスの授業を受けていた。予定を合わせたディザークもわたしの授業に付き合ってくれており、わたし達は離宮の一室にいた。

「はい、始めますよ。一、二、三、一、二、三……」

家庭教師が手を叩きながら拍を取り、それに合わせてわたしとディザークが踊る。

しかしすぐに足がもつれてしまい、わたしが転びかけるとディザークが支えてくれた。

「ご、ごめん……」

「いや、俺は問題ないが……本当にこれだけは成長しないな」

ダンスを習い始めてから一ヶ月以上経つけれど、相変わらず下手すぎてまともに踊れなかった。

第一にステップを覚えるのが苦手である。

一番簡単なダンスらしいけれど、足に集中すると顔が俯いてしまって怒られるし、顔を上げると自分の足に躓《つまず》くかディザークの足を踏んでしまう。しかもドレスのスカートを足で捌《さば》くように踊れというのだから訳が分からない。

第二にリズムが上手く摑めない。
一、二、三、一、二、三のリズムだと言われて、家庭教師も手を叩いて示してくれているが、なかなかそのリズムが体に馴染まなかった。
ステップに集中すればリズムが外れるし、リズムに集中するとステップが踏めなくなって、頭が混乱してしまう。

……考えてみたらわたし、運動苦手だったっけ……。

球技をやれば狙ったところとは別の方向にボールが飛ぶし、体もそんなに柔らかくないし、走ることだけは平均よりちょっと速いかもといったぐらいである。

しかもこれまでの人生でダンスなんてしたのは、多分、小さい頃のお遊戯会くらいだと思う。

「分かってる、分かってるよ……ダンスのセンスが壊滅的すぎる……」

思わず座り込んで頭を抱えるわたしにディザークの不思議そうな声が降ってくる。

「そんなに難しいか？」

「ディザーク達はダンスも、ダンスに使われる音楽も聴き慣れてるだろうけど、わたしはこの世界に来てから初めてこういうことに触れたの」

中学生の自然教室みたいなのでマイムマイムを踊ったことはあるが、この世界のダンスとは全く違うし、同じダンスとしてカウントするべきではないだろう。あれでも自分の足を踏んだわたしが、更に難易度の高いダンスをマスターできるとは到底思えなかった。

「赤ちゃんがいきなり走ったり魔法を使ったり出来ないのと一緒だよ。あと向き不向きがある。わたしにはダンスというか、運動の才能がない」

「そこまで言い切らなくても……」

「投げたものが狙い通りの場所に当たらないし、最悪、自分の顔に当たる」

「何をどうしたらそうなるんだ？」

「それが分かったら苦労してないよ……」

ちなみにバドミントンとテニスはサーブが出来ない。ラケットに当たらないので、いつも相手に打ってもらわないといけないし、それでもラケットに羽根も球も当てられずに試合が終わることもあった。

その話はともかく、運動全般が苦手だった。

落ち込むわたしに家庭教師が困った顔をしている。

ディザークが小さく息を吐いた。

「とりあえず、もう一度踊ってみよう。今度は何も気にせず、俺のリードに任せてくれ。サヤはリードに合わせて動けばいい」

「リードに合わせるってどんな感じ？」

「……」

さすがのディザークも困った顔をした。

わたしも困ってしまったが、やるだけやってみようとなった。

「ウィンストン伯爵夫人、拍取りを頼む」

「かしこまりました」

ディザークに体を寄せる。わたしとディザークでは体格差もあって踊りにくいが、何よりもわたしの下手さが問題だ。

「では、始めます。一、二、三、一、二、三……」

ディザークがわたしの手と腰を掴んだまま、ふわっと動き始め、引っ張られるのとも押されるのとも違う、不思議な感覚で体が動き出す。

……なるほど、これがリード……。

ドレスのスカートの下で足がちょっと忙しないが、ディザークがわたしの体を優しく誘導してくれる。

今までで一番優しく、丁寧に踊ってくれている。

「あ！」

ぎゅむ、とディザークの足を踏んでしまった。

慌てるわたしにディザークが言う。

「気にするな。習い始めたばかりなら、相手の足を踏んでしまうのはよくあることだ」

返事をしたいが、口を開いたら体が止まってしまいそうで何も言えない。

初めて最後まで踊り終えたけれど、たった数分の間に五回もディザークの足を踏んでしまって、申し訳なさが募る。

「どうせ足元はドレスである程度は隠れる。踏んでしまったとしても、黙っていればいい」

「でも、ディザーク以外の人にダンスを申し込まれたら？」

「その時は『殿下が嫌がるから』と俺を使って断ってしまえ」

……それは助かるけど……。

「ダンスって、普通は一回、恋人や婚約者は二回、夫婦は三回以上踊っていいって決まってるんでしょ？　せめて三回は綺麗に踊れるようになりたいのに……」

恋人や婚約者、夫婦の特権なのに、出来ないなんてつまらない。

ディザークが驚いた様子でまじまじとわたしを見て、そして、少し顔を赤くして目を逸らした。

「……ダンスの回数などどうでもいいだろう。大切なのは、誰とどんな気持ちで踊ったかだ。下手だろうと足を踏まれようと、楽しいと思えば、それで十分だ」

今度はわたしがディザークをまじまじと見る番だった。

「……わたしと踊るの、楽しい？」

「……面白いとは感じている」

その素直ではない言い方に笑ってしまった。

……そっか、こんなでも楽しいと思ってくれているんだ。

ディザークの足ばっかり踏んでいるし、ターンで動きがぎこちなくて回れなかったり、勢い余ってディザークの胸元に顔をぶつけたり、失敗ばかりだけど、それでも、思い返せばディザークは一度も『もうやめよう』とは言わなかった。

いつも授業の最後まで付き合ってくれる。

「もっと肩の力を抜け。足を踏んでもいい。転びそうになったら俺が支える。だから、焦らずゆっくり覚えろ。どうしても踊る必要がある時は、また俺がリードする」

「ディザーク……」

腰にあったディザークの手がわたしの頬に触れる。

互いの顔が近づきかけたところで、こほん、と咳払いが聞こえて二人でハッとする。

「……仲がよろしいのは結構ですが、そういったことはお二人だけの時にしていただけると大変助かります」

顔を赤くした家庭教師の言葉に、わたしとディザークも我に返って恥ずかしくなり、三人して赤い顔で押し黙った。

なんとも言えない空気が漂う中、遠くから足音が聞こえ、それが段々と近づいて来る。

そしてバターンと勢いよく扉が開けられた。

「聖女様！　聖女様はおられますか！」

そこにいたのは使用人で、ディザークが眉根を寄せた。

足音をこんなに立てて歩くのもそうだが、ノックもなしに扉を開け、大声を出すというのは完全なマナー違反であった。

ディザークの睨みに使用人が慌てて姿勢を正す。

「失礼しました！　皇帝陛下より、聖女様を急ぎ白百合宮へお連れするようにとの命でまいりました！」

「何、白百合宮に？」

何故かディザークが思案するように眉間のしわを深める。

けれども、すぐにわたしを見ると頷いた。

「俺も行こう。恐らく緊急事態だ」

「分かった」

ディザークには何か思い当たる節があるのだろう。

「ウィンストン伯爵夫人、すまないが今日の授業はここまでだ」

家庭教師は礼を執る。

わたしはディザークに手を引かれて、挨拶をする暇もなく部屋を出て、廊下を進む。後ろを使用人が追いかけ、その更に後ろをマリーちゃんとヴェイン様がついて来る。

先ほどまでいたリーゼさんがいないのは、他の人にわたし達が移動することを伝えに行ったのだろう。

わたし達は離宮の外へ出て、停まっていた馬車に乗り込んだ。

わたしとディザークの向かいに、使用人とマリーちゃん、ヴェイン様が座る。

「緊急事態とは皇后についてか」

ディザークの問いに使用人が大きく頷いた。

「はい、皇后様の容態が思わしくなく、詳しい話は陛下よりお伝えになるとのことでした。ただ、急ぎ聖女様の治癒の力を借りたい、と」

その話を聞いて、この帝国の皇族について思い出した。

前皇帝バルトルド様には三人の子がいる。嫡男である現皇帝、他国に嫁いでいる長女、そして末子のディザーク。前皇帝の妻であり、三人の母親である前皇后は既に亡くなっている。

そして現皇帝も結婚しており、妻と二人の子がいる。

しかしいまだにわたしは皇后様に会えていなかった。というのも現在妊娠中で体調があまり良くなく、社交も控えているといった状況だったからだ。

皇帝陛下の子供達も皇后様と同じ離宮で暮らしていて、まだどちらも公式の場に出られる年齢に達していないため、パーティーなどでも顔を合わせる機会はなかった。

わたしがこの帝国に来た時にはもう妊娠していたが……。

「もしかして……」

顔を上げればディザークが頷いた。

「ああ、恐らく産気づいたのだろう」

……今から出産中の皇后様のところに行くってこと？

治癒魔法をかければ苦しさは軽減するだろうが、陣痛が弱まると子供が産まれにくくなるのでは……。しかし、それでわざわざわたしを呼ぶだろうか。

馬車の急ぐ様子からして本当に緊急事態のようだし、もしかしたら、状況はもっと悪いのかもしれないが、とにかく行ってみなければ何も分からない。

ディザークの表情は厳しいものだった。

いつもより速度が出ている馬車に揺られて目的地に到着する。

使用人の案内で離宮に入り、廊下を進むと、一つの部屋の前に皇帝陛下がいた。廊下に置かれた椅子に座っていたが、わたし達を見ると立ち上がる。

「突然呼びつけてすまない。詳しい話は隣室で……」

と皇帝陛下に促されて隣の部屋へ移動する。

皇帝陛下は落ち着かないらしく、ソファーに座ったものの、右手の指がずっと忙しなく膝を叩いている。

「それで兄上、状況は？」

ディザークの問いに皇帝陛下が僅かに俯く。

この人がこんな風に下を向くところなんて初めて見た。

「あまり良くない。朝食後に産気づいてから今までずっと出産しようとしているようだが、ベアトリクスの体に対して子が大きすぎるらしい。自力で産むのは厳しいそうだ」

「医者と産婆はなんと？」

「子を産むために腹を切るか、子を諦めるか。……だが、ベアトリクスは産むことを望んでいる」

……まさか、わたしを呼んだのって……。

「サヤ嬢、ベアトリクスと生まれてくる子を助けてほしい……！」

皇帝陛下がわたしへ頭を下げる。

それは命令ではなかった。懇願だった。こういう時こそ命令すればいいのに。

躊躇ったのは一瞬だった。皇帝の妻はディザークの義理の姉で、ディザークと結婚すればわたしにとっても家族となる人だ。ここで助けなくてどうする。

「絶対と約束は出来ませんが、全力を尽くします。ディザーク、今回は無茶するかも」

ディザークが眉根を寄せ、拳を握る。

彼の葛藤が伝わってきたが、わたしは笑った。

「大丈夫、わたしは聖女だよ。助けてみせる」

産室は医師以外の男性は入ってはいけないそうで、皇帝陛下とディザーク、ヴェイン様は廊下で待つことになった。少しでも近くにいたいらしい。

「念のために魔力回復薬を用意しておいていただけますか？　もし魔力が足りなくなったら困るので」

「ああ、すぐに持って来させよう」

皇帝陛下が頷けば、控えていた侍従が即座に動く。

チラリと見れば、マリーちゃんの顔色はあまり良くなく、緊張のせいか微かに震えていた。きっとわたしも似たような顔色をしているのだろう。

……ダメだ。それじゃあ皇后様を不安にさせちゃう。

両手で思いきり自分の両頬を叩く。

「……よし!!」

顔を上げ、産室の扉を叩く。

すぐに中から人が出て来て、わたしを見ると招き入れてくれる。

医師以外、産婆も使用人達も女性で、全員、どこか疲労の色が見える。

案内されてベッドへ近づけば美しい女性がいた。

歳の頃は三十代くらいか。皇帝陛下とさほど歳は離れていないようだ。輝くようなプラチナブロンドに青い瞳をした、端整な顔立ちのこの人こそが皇后なのだろう。

わたしとマリーちゃんは礼を執る。

「失礼いたします。沙耶・篠山です。このような状況ですので、ご挨拶は省かせていただきます」

「ええ、構わないわ……」

皇后様も名乗ろうとしたけれど、産婆と医師が止めた。

「話すだけで体力を消耗してしまいます」

「聖女様、まずは皇后様に治癒魔法をかけていただけますか？　出来れば、治癒魔法が継続して使えるという範囲回復魔法を……」

「はい」

詠唱を行い、範囲回復魔法を展開する。

皇后様が僅かにだがホッとした表情をした。

「お話は既に聞き及んでおりますが、状況を詳しく教えていただけると助かります」

そこから、医師と産婆が説明してくれた。

皇后様のお腹には今、赤ん坊がいる。

だが、予定していた産み月から一ヶ月ほど過ぎており、産気づくのが随分と遅かった。

母子共に健康に問題はなさそうだが、子供が成長してしまって、どれほど皇后様が力んでも物理的な問題で出てくることが出来ない状況になってしまった。

どうするかという話になり、皇后様が『どうしてもこの子を産んであげたい』と願った。

どちらにしても子供を母体から取り出さなければ、皇后様の命にも関わるため、最終手段を取ることが決まった。

「まず、皇后様に麻痺魔法をかけます。体を動かせなくなってしまいますが、痛みを感じなくなります」

言わば麻酔のようなものなのだろう。

「次に産道を切り開きます。麻痺で皇后様は力《りき》めないので、我々で取り出すことになるでしょう」

想像するだけで痛そうだ。何より、この世界では手術などの医療行為はあまり発展しないようなので、これは本当に最終手段である。

「お子様を取り出したら、聖女様にお声をかけますので、すぐに皇后様に治癒魔法をかけて差し上げてください。子を取り出すためにかなり切り開くことになると思いますので、治癒魔法で多くの魔力を消費することになるやもしれません」

　つまり、皇后様を助けられるかどうかはわたしの治癒魔法にかかっているということだ。

　治癒魔法で治し切れなければ出血多量で死んでしまうだろう。

　皇后様にジッと見つめられたわたしは、皇帝陛下の姿を思い出し、しっかりと頷いた。

「皇后様の治療、承りました。麻痺魔法をかける間、範囲回復魔法は解除しておいたほうがいいでしょうか？」

「そうですね、皇后様のご負担になってしまいますが、お子様を無事取り出せるまでは解除していただくことになります。治癒魔法で麻痺が弱まると痛覚が戻ってしまう可能性もありますので」

「分かりました」

　医師が「よろしいですか」と皇后様に声をかけ、皇后様は大きく、しっかりと頷いた。

「ええ、覚悟は出来ているわ……皆、どうかお願いします」

　それは自分の命か、それとも子のことか。

　皇后様の意志の強さに、その場にいた全員も頷いた。

　話がまとまったところで部屋の扉が叩かれる。

　メイドが応対に出て、見覚えのある瓶を持って戻って来た。

「聖女様、魔力回復薬でございます」

「ありがとうございます。マリーちゃん、持っていてくれる？　治癒魔法をかけ始めて、欲しくなったら声をかけるから、そうしたらわたしに飲ませて。治癒魔法を中断して飲む暇が惜しいから」

「かしこまりました」

受け取った瓶をマリーちゃんに手渡すと、マリーちゃんが瓶を大事そうに持つ。

そして、皇后様の出産の手伝いが始まった。

説明通り、まず産婆が皇后様に麻痺魔法をかける。

すると皇后様の体から力が抜けた。

「皇后様、これは痛みますか」

産婆が皇后様の腕を軽く指で押しながら問うと、皇后様は小さく「痛くない……」と呟く。麻痺で少し喋りにくくなっているらしい。

医師と産婆が顔を見合わせ、頷く。

「聖女様は皇后様の様子に注意してください。もし危険だと感じた場合は構わず、治癒魔法をかけましょう。落ち着いたら再度挑戦します」

「はい」

皇后様のそばに立つと青い瞳と目が合った。

ぼんやりしているが、意識はあるのだろう。

わたしは皇后様の投げ出されていた手を握り、声をかける。

「大丈夫ですよ、皇后様。お医者様も、わたしもついております。廊下には皇帝陛下もいらっしゃいます。大丈夫、皇后様も、お子様も絶対に死なせません」

ふ、と皇后様が微笑んだ気がした。

けれども、その表情が険しくなる。

漂ってきた血の臭いからして、産道を切り始めたのだろう。

ギュッと皇后様の手を握った。ここで不安にさせては良くない。

「生まれてくるお子様の名前は決めてありますか？　男の子でも、女の子でも、陛下と皇后様の間に生まれるのですから、きっと可愛くて頭の良い子に育つでしょう。もしかしたら、お母さんから離れたくなくて、お腹からなかなか出てこなかったのかもしれませんね」

とにかく話をすることで少しでも気を紛らわせてあげたい。

ややあって、皇后様がハッとした表情を見せた。おそらく違和感を覚えたのだろう。

「聖女様、治癒魔法を！」

医師の声にわたしは即座に詠唱を行い、皇后様に治癒魔法をかける。

かなり切り開いたようで一気に魔力を消費する。

「マリーちゃん！」

「失礼します！」

マリーちゃんが横からわたしの口元に瓶をつけてくれ、わたしは治癒魔法を展開しながら魔力回復薬を飲み干した。すぐに魔力が回復していくのを感じ、その魔力を治癒魔法へ注ぎ込む。

傷口の様子を見ていた医師が産婆に声をかけ、産婆が麻痺魔法を解除すると、皇后様が一瞬、痛みに耐えるような顔をした。

それと同時に室内に赤ん坊の元気な泣き声が響き渡った。

皇后様がそれに目を見開き、青い瞳から涙が零れ落ちる。

「聖女様、傷口が完全に塞がりました！」

その言葉を聞いて、治癒魔法を範囲回復魔法へ変え、皇后様の体力回復に努める。

ややあって産婆が布に包まれた塊を大事そうに抱えて、皇后様に近寄った。

麻痺の取れた皇后様が震える腕で、差し出された布の塊をそっと受け取り、そして中を覗き込んで微笑んだ。

「……ああ、私そっくり」

布の中には赤ん坊がいた。

まだしわくちゃの顔だけれど、うっすら生えた髪はプラチナブロンドで、僅かに開いた目は鮮やかな青色だった。

疲労困憊といった様子の皇后様だったけれど、その笑みは優しく、とても幸せそうだ。

「もう皇后様のお体も大丈夫でしょう。ですが、多く血が流れましたので、しばらくは安静にして、よく眠り、よく食べ、休息を取ってください」

皇后様が頷いている間にメイドが廊下へ続く扉へ消え、すぐに皇帝陛下とディザークが入って来る。

「ベアトリクス！」

慌てて駆け寄ってくる皇帝陛下に皇后様が小さく笑う。

「そう心配しなくても、出産は三度目でしょう？」

「だが、今までこうではなかっただろう。……ああ、君と子が無事で良かった……！」

皇后様とその腕にいる赤ん坊を見て、皇帝陛下の目に涙が光る。

慈しむように陛下は皇后様の額に口付けた。

「おめでとうございます、元気な男の子でございます」

「第二皇子殿下のご誕生、お祝い申し上げます」

産婆と医師の言葉に陛下が何度も、今の状況を噛み締めるように頷く。

「ああ、お前達もよくやってくれた。サヤ嬢もありがとう。本当に、心から感謝する……」

「それは皇后様におっしゃってください。一番の功労者は皇后様ですから」

「っ、そうだな、ああ、ベアトリクス、ありがとう……」

ベッドの縁に座り、皇后様を赤ん坊ごと抱き締める皇帝陛下はきっと泣いていた。

ディザークが近づいて来て、抱き締められる。

「体調は問題ないか？」

心配そうなディザークに頷く。

「魔力回復薬を飲んだし大丈夫。まだしばらくは範囲回復魔法をかけておきたいから、二時間くらいはここにいるかも」

「俺も付き合おう」

皇后様の傷は完全に塞がったけれど、体力も落ちているし、免疫力も下がっているかもしれない。

せめて産後の体が落ち着くまで数時間は範囲回復魔法をかけて助けたかった。

「とりあえず、椅子に座ろう」

と促されてマリーちゃんが用意してくれた椅子に座る。

ディザークの分も用意され、隣に腰掛けた。

陛下と皇后様が幸せそうに赤ん坊を見ている姿を、ディザークと共に眺める。

ディザークに寄りかかると抱き締められる。

「ありがとう、サヤ」

それにわたしは静かに頷いた。

……皇后様を助けられて良かった。

＊　＊　＊　＊　＊

それから一週間後、第二皇子誕生を祝して盛大なパーティーが開かれることとなった。

第二皇子誕生の報せは既に国民に広められており、城の広場には多くの人々が集まって、皇帝陛下からの言葉を待っている。

「今日は皆、よく集まってくれた。礼を言う。私には既に三度の幸運が訪れている。一度目は妻との結婚。二度目は第一皇子の誕生。三度目は皇女の誕生。そして一週間前、ついに四度目の幸運が訪れた。……第二皇子の誕生だ」

広場に集まった人々がワッと歓声を上げる。

みんなが祝福の言葉を述べ、皇帝陛下も皇后様も嬉しそうにそれを聞いて微笑んだ。

驚くことに皇后様は一週間のうちにすっかり元気になった。さすがにまだ運動は控えているが、散歩に行ったり簡単な公務を行ったりと、もう精力的に動いている。

……いくら治癒魔法で治ったっていったってパワフルすぎるでしょ……。

少し呆れてしまったが、皇后様は結婚前は騎士団に所属していたそうなので、その分、体もしっかりとして健康だったのだろう。元気なのは良いことだ。

皇后様の腕の中にいる第二皇子が、聞こえてきた歓声にパチリと目を開けた。眠っていたけれど起きてしまったようだ。それでも泣かずに笑っていて、いい子にしている。

「……そして妻は聖女サヤ・シノヤマ嬢によって助けられた。第二皇子は聖女の祝福を受けたのだ！」

……いや、生まれたことに対して祝福はしてるけど、祝福違いでは？

苦笑しつつ、ディザークと共に広いバルコニーへ出る。

皇帝陛下と皇后様のそばに立てば、幸せそうにお二人が笑っていた。

「この国の新たな皇族、第二皇子マティアス＝ゲアハルト・ワイエルシュトラスの未来に栄光あれ！」

皇帝陛下の言葉に人々も叫ぶ。

「第二皇子殿下の未来に栄光あれ!!」

一つ一つの幸せは小さくても、集まれば大きな幸せになる。その小さな幸せ達を、わたしはこれから聖女として、助けたり守ったりするようになるのだろう。

その責任は重くて、大変で、つらい時もあるかもしれない。

……それでも、この笑顔を見ると助けたいと思う。

幸せそうな皇帝夫妻を見つめていると、ディザークに抱き寄せられた。

「俺は治癒魔法を使えないが、これからもお前を支えていきたい」

その言葉にわたしはギュッとディザークに抱き着いた。

「うん、ずっとそばにいてね、ディザーク」

この世界に来て失ったものは多いけれど、得たものも多くて、帝国に来なかったらきっとわたしの人生は全く違うものになっていただろう。

もう、誰にも『聖女様のオマケ』なんて呼ばせない。

わたしはこの帝国の聖女、サヤ・シノヤマだ。

お祝いのために舞い散る花びらの向こうには、どこまでも綺麗な青空が広がっていた。

＊　＊　＊　＊　＊

皇帝陛下の第三子が生まれてから二週間。

まだ国内はお祝いムードに包まれているようだ。

かく言う皇帝陛下も生まれたばかりの息子が可愛いらしく、顔を合わせるたびに機嫌良くその話をされる。意外と子煩悩な人らしい。

「それで、マティアスが私の指をこうギュッと摑んでね。いや、赤ん坊というのは本当に何度抱いても可愛いものだな。ベアトリクスも産後の体調は良好で、もうしばらくすれば社交界に復帰するだろう」

皇帝陛下の言葉に驚いてしまう。

「え、もうそこまで復帰されるのですか？　無理は良くないと思いますけど……」

「私もそう言ったのだけど、ベアトリクスは『皇后の務めを疎《おろそ》かにしてしまった』と気にしていてね。もちろん、無理のない程度に少しずつということになるが」

貴族や皇族は基本的に子育てを自分ですることはない。乳母などに任せるのが一般的らしい。

「私としては無事に子供を産んでくれて、あとはもう元気でいてくれるのが妻の一番の務めであり、功労だと思うのだけどね」

皇帝陛下は実はなかなかの愛妻家なのかもしれない。

横でディザークも小さく頷いていた。

「そうだ、ベアトリクスがサヤ嬢に会いたいと言っていたよ。出産の時もマティアスのお披露目の時も慌ただしかったし、きちんと自分の口から感謝を伝えたいと。あと『是非マティアスを抱いてやってほしい』そうだ。本当はお披露目の時に抱いてほしかったそうだが、サヤ嬢も忙しそうだったからな」

「ベアトリクス様とお会いするのは構いません。私も、出来ればもう一度、治癒魔法をかけておきたいと思っていましたし、マティアス様のお顔を間近で見られるいい機会ですし」

「それに、君がディザークと結婚すれば、私の子も君の親族となる」

「そういえばそうですね」

そのうち、皇帝陛下の子供達にお小遣いをあげるようなことがあるのだろうか。

……それはなさそうだなあ。

皇族なので、お小遣いなんてなくても困らないだろう。

そんなことを考えていると隣室のほうが何やら騒がしくなった。

人の声と足音がこちらにも聞こえてきて、皇帝陛下とディザークもそちらに顔を向ける。

瞬間、バターンと勢いよく政務室の扉が開かれた。

「兄上、ディザーク、今戻ったわ!!」

そこに立っていたのは、ディザークとよく似た濃い藍色とも青とも見える長い髪に、皇帝家の特徴である紅い瞳を持った、長身の女性だった。スタイルもかなり良い。

突然現れた女性に驚いていると、ディザークが溜め息を吐いた。

「姉上、帰国するなら先に連絡を入れておいてくれ」

……あ、やっぱりディザークのお姉さんなんだ？

貴族や皇帝家について学んだ時に、現在の皇帝家の家族構成についても知った。

現皇帝と皇后、二人の間に子供が三人、前皇帝。

現皇帝には妹と弟がいて、その妹がここにいる女性、そして末弟のディザーク。

ディザークからすればこの女性は姉になる。

女性はそのまま部屋に入って来る。

「何よ、実家に帰るのにいちいち連絡が必要なの？　それにわざわざ手紙でやり取りするくらいなら、転移門で帰って来たほうが早いじゃない」

「それはそうだが……」

頭が痛いといった様子でディザークが額に手を当てる。

女性とディザークを交互に見ていると、女性と目が合った。

「もしかしてディザークの婚約者の聖女様？」

そう声をかけられ、慌てて立ち上がった。

「はい、沙耶・篠山と申します。沙耶とお呼びください。聖女召喚の儀でこの世界に来た異世界人で、今は帝国の聖女として活動させていただいています」

「私はアストリット＝アデーレ・ヴィレンツァよ。アストリットと呼んでちょうだい。今はヴィレンツァ王国の王妃をやってるけれど、元はワイエル帝国の皇女だったわ。それにしても――……」

女性――アストリット様がまじまじとわたしを見つめる。

「なかなか婚約しないと思っていたけど、単に好みの子がいなかっただけなのね。サヤちゃん、可愛い～！　これで聖女でもあるなんて、ディザークもやるじゃない」

ソファーを回り、アストリット様がディザークの頬を指でつつく。

「鬱陶しい……」

ディザークが眉間のしわを深くしながら若干嫌そうな顔をする。

……皇族が『ちゃん』付けで呼ぶってかなりフランクだな!?

皇帝陛下だけが苦笑していた。

「それで、アストリット、急に帰って来るなんてどうしたんだい?」

皇帝陛下の問いにアストリット様が顔を上げる。

「そうそう、それよ！　兄上、聖竜様って漆黒のドラゴンだったわよね?」

「ああ、そうだが……?」

「うちの国に赤いドラゴンが出たんだけど、どういうこと!?」

アストリット様が今度は皇帝陛下に詰め寄った。

その言葉に思わず、わたしは後ろに控えていたヴェイン様へ目を向けた。

頭の中で大陸の地図を思い出す。ヴィレンツァ王国は大陸の最北端に位置する国で、国土は広いが冬が長い国だと学んだ。山岳地帯は常に雪が積もっていて……。

「あ」

そういえば、ワイバーン討伐の途中でヴェイン様が話していた。

北の最も高い雪山に、弟ドラゴンを封じたと。

「一応訊くけれど、ワイバーンではないか?」

「違うわよ！　私も確認に行ったけど、あれは確かにドラゴンだったわ！　ワイバーンとドラゴンの違いくらい、私だって分かるわよ!!」

皇帝陛下の質問にアストリット様が首を振る。

元皇族なので、恐らくヴェイン様が霊廟の地下にいた頃に見ているのだろう。

全員の視線がヴェイン様に向き、アストリット様も不思議そうに彼を見る。

「あらやだ、強そうな良い男ね。いつの間にこんな使用人を雇い入れたの？」

それに対しディザークが言った。

「そこにいるヴェインは聖竜様だ」

「……え？」

アストリット様が振り向き、全員の顔を見て、ヴェイン様へ視線を戻す。

「まあ、聖竜様は人間の姿にもなれるのですね！」

……あれ、疑わないんだ？

「道理でおかしな気配がすると思いました。しかし、ここに聖竜様がいるとなると、我が国の赤いドラゴンは何なのでしょう？　まさかワイバーンの変異種かしら？」

アストリット様の困惑した様子にヴェイン様が答えた。

「いや、恐らくそれは我の弟だな」

「おとうと……？」

「うむ、我には姉が一匹、下に妹と弟が四匹いる。全て合わせて六匹兄弟なのだ」

さらりとそう告げたヴェイン様に空気が固まる。

……え、待って、六匹もドラゴンがいるの……？

これはわたしだけでなく、皇帝陛下やディザークも初耳だったようだ。

「六匹兄弟……!?」

「何だって!?」

と、驚愕していた。

アストリット様とわたしも「えぇえええっ!?」と叫んでしまった。

「北の雪山に封じた弟が目を覚ましたようだ。思いの外、早かったな」

……なんだか、また厄介事の予感が……。

はっはっは、と笑うヴェイン様に全員が呆然とする。

わたしがこの世界でゆっくり過ごす暇はなさそうだった。

番外編　香月優菜の一日

私、香月優菜は異世界に召喚された。

召喚の儀式を行ったのはドゥニエ王国といって、国の防衛に必要な聖女、もしくは聖人が国内で見つからず、他国からも得られなかったため異世界から私達を喚び寄せたのだ。

……そう、私達。

召喚された時、そばにはクラスメイトの篠山沙耶さんがいた。

最初は私が聖女として喚び出され、篠山さんは巻き込まれてしまっただけだと聞かされて、凄く申し訳なく感じたし、罪悪感もあった。

一度喚び出された聖女や聖人が元の世界に戻ったという記録はない。

つまり、私達はもう元の世界には帰れない。

ドゥニエ王国の王太子・ヴィクトールからそう言われた時、私は泣いてしまった。家族も、友達も、自分のこれまでの人生全てを奪われた気分だった。

……ヴィクトール達を憎めたら良かったのに。

しかしヴィクトールからドゥニエ王国の現状を聞き、人々を守るためには、どうしても聖女が必要だと言われた。

「ユウナ、君だけがドゥニエ王国を救えるんだ」

正直に言えば、少し荷が重いと感じた。

まだ女子高生の私が国を救わなくてはいけないなんて。

でも、私が頑張れば助けられる人がいる。

だから私は言われるがまま頷いた。

魔力量と魔法属性の検査をして、この世界に慣れるために勉強もした。後になって、この勉強は王侯貴族向けのものだったと知ったけれど、その時は必死だった。

その間、篠山さんのことを疎かにしていなかったかと問われたら、違うとは言えない。

周りに訊いても「もう一人の方はお客様として扱っております」としか教えてもらえなかったし、ヴィクトールもあまり良い顔をしなかったので訊きづらかった。

そうこうしているうちに時間が経ち、気付いた時には、篠山さんはワイエル帝国に行くという話になっていた。

篠山さんと離れ離れになると聞いて、急に不安を感じた。

私は知らなかったのだが、篠山さんはドゥニエ王国では『聖女様のオマケ』などという不名誉な呼ばれ方をされていて、扱いも酷かったらしい。だから帝国へ行くのだと。

本当は行ってほしくなかったけど、篠山さんがそうすると決めたなら、私が止めることは出来なかった。篠山さんがこの世界に来ることになった原因の私が「行かないで」と止めたら絶対嫌われる。篠山さんには嫌われたくなかった。

その後、魔法によって篠山さんから連絡があり、実は篠山さんも聖女で、帝国の聖女として生きることになると分かった時は心から安堵した。

……私が篠山さんの人生を奪ってしまったと思っていたから。

だけど、ヴィクトールは篠山さんを取り返そうとした。

国の防衛の要で、障壁魔法を張ることが出来る聖女は、聖障儀という魔道具に魔力を補充するのが主な役目なのだが、私はまだ魔法を使うどころか魔力の制御すらまともに出来ない。

だが、ドゥニエ王国は今すぐにでも使える聖女が欲しい。

ヴィクトールは最低な方法で篠山さんを連れ戻そうとしたけれど、それは失敗に終わり、私もこれまで感じていたヴィクトールや王城の人達への不信感から城を出て、神殿に身を寄せた。

神殿の暮らしは大変だけど、つらくはない。

みんなで肩を寄せ合って、協力して、助け合いながら日々を過ごす。穏やかな毎日だ。ドレスを着る必要もない。

王城にいた時は礼儀作法やドレスが窮屈だったので、神殿に来てからのほうが気楽で過ごしやすかった。

篠山さんは私が聖障儀への魔力充塡が出来るようになるまで、代わりにドゥニエ王国の魔道具に魔力を注いでくれている。

私はようやくほんのちょっと魔法が使えるようになり、魔力の譲渡も出来るようになったものの、まだまだ聖障儀への魔力充塡をするには力量不足だった。

……私も早く一人前の聖女にならなきゃ。

朝、起きたら顔を洗って、着替えて、身支度を整える。

王城では何人もメイドがついて世話をしてくれたけれど、今思えば、それも嫌だったのかもしれない。

神殿はたとえ聖女の私であっても、自分のことは自分で行うべしという方針で、そのほうが私も良かった。

身支度を終えて扉を開ける。

「おはようございます、シリルさん、フェルナンさん」

銀灰色の髪に青い瞳をした聖騎士のシリル・ハイネンさんと、金髪に緑の瞳をした聖騎士のフェルナン・アドガルドさんは私の護衛だ。他にも数名が持ち回りで護衛としてついてくれて、私に危険がないように配慮してくれる。名前を呼ぶようになったのは最近のことだ。

「おはようございます、ユウナ様」

「聖女様、おはようございます。今日もお可愛らしいですね」

フェルナンさんはちょっと軟派なところがある。

それにシリルさんが「フェルナン」と注意するのは、もはや日課のようなものだった。

「ふふ、ありがとうございます。シリルさんもフェルナンさんも、今日もかっこいいと思います」

「聖女様にそのようにおっしゃっていただけると自信がつきます」

「君にはそれ以上の自信は必要ないだろう。……ユウナ様、このような者は放っておいて朝のお祈りにまいりましょう」

シリルさんはややお堅いところはあるけれど、真面目で誠実な人だ。

「はい！」

神殿での暮らしは毎日ほとんど同じルーティンである。

朝のお祈り、朝食、神殿内の清掃、昼食、午後のお祈り。その後は孤児院に行ったり治療院で治癒魔法を学んだり、時にはシリルさん達から魔法を教えてもらうことも。

王城で学んでいたより実践的な魔法を教えてくれる。

篠山さんから魔法の使い方を教えてもらってから、少しずつだけれど魔法が使えるようになり、一番属性の高い聖属性の魔法で、ようやく深い切り傷などが治せるようになってきた。まだ聖女としては未熟だけど毎日やりがいがある。

夕食を摂ったら自由時間があり、寝る前に自室で夜のお祈りをして、眠る。

シリルさん達と祈りの間に移動すると、神殿で共に暮らす人々が集まっていた。

街の人達はそれぞれ近くのもっと小さな神殿に行き、朝のお祈りをするらしい。ここは王都で最も大きな神殿なので基本的に朝や昼のお祈りは神殿関係者しかいない。

その代わり、子供が十二歳の準成人を迎えるとこの神殿に祝福を受けに来るそうだ。子供のこれからの健やかな人生を祈り、そして一緒に魔力測定も行うのだとか。

長椅子に三人で腰掛け、しばし待つ。

最後に大神官様が来て、お祈りの口上を読み上げ、私達はその話を聞いた後に祈りを捧げる。静寂の中で十分ほど、願い事をしたり感謝の気持ちを込めたりする人が多いようだけれど、私はいつも心を落ち着けて精神統一している。

たった十分だけれど、毎日、朝昼晩と繰り返すと頭がスッキリして気分も良くなるし、心もなんだか軽くなる。

長いようで短いお祈りが済むと、出入り口に近いほうの人から祈りの間を出て、食堂に向かう。

私達も食堂へ移動して、学校給食のように並んで配給してもらい、食事の載ったお盆を手に席に着く。

そして食前のお祈りをして朝食となる。

意外だったが、食事中はお喋りをしても怒られない。こういう神聖な場所での食事は無言で行われるイメージがあったのだけど。

朝は必ず、前日に焼いたパンと、野菜たっぷりで肉は少なめのスープ、チーズ、飲み物に温めたミルクがつく。

神殿の食事は基本的に質素だ。でも、それがいい。

たまに元の世界のお菓子が恋しくなるけど、王城でマナーを気にしながら食べる豪華な食事より、ずっと落ち着く。

「本日のご予定は、午後の祈りの後に治療院にて奉仕活動となっております。前回ユウナ様の担当をしていたルーベ神官が本日も担当してくださるとのことです」

シリルさんの言葉に気分が上がる。

「やった！　ルーベさんは丁寧に教えてくれるから、分かりやすいんです。それに治癒魔法も凄いですし！」

「そうですね、ルーベ神官はこの神殿でも治癒魔法において有名な方です。ユウナ様の様子を見て、是非今回も、とおっしゃってくださったそうです」

「そうなんですね。今日、会ったらお礼を言わないと……」

神殿の人達は優しくて、ドゥニエ王国の聖女だと公表されたのにまだまともに魔力充填も出来ない私を非難する人は誰もいなかった。

……街には不満を感じている人もいるけど。

それは当然のことだと思う。

召喚されてから、自分達の納めた税金を使って王城で豪勢に暮らしていたのに、大切な仕事はまだ出来ないなんて、国民からしたら面白くないだろう。

最初に奉仕活動で治療院に行った時に、そこへ治療を受けに来た人に言われたことがある。

「聖女様なのに治癒魔法もろくに使えないなんて」

明らかに失望したといった様子の言葉にショックを受けたけど、確かに私は未熟すぎる。多分、聖女として発表するのが早すぎたのだ。

せめて治癒魔法がきちんと使えるようになってから公表されればまた違っていたのかもしれない。

それでも、これまで私は魔法についてよく分からないからと深く考えていなかった。いつか出来るだろうと軽く考えていた。

だけど、それではダメだと突きつけられた気分だった。

周りが優しいから私は甘えてしまっていた。

それからはもっと真面目に魔法について学び、練習し、魔法が使えるようになってからはとにかく訓練している。

朝食後は神殿の中の掃除だ。まずは自分の部屋を掃除して、その後廊下や食堂など普段使う場所、祈りの間や中庭など手が足りない場所へ行って清掃する。

この時は護衛の聖騎士と三人で掃除をして回る。

神殿の中は広いので午前中いっぱいかかるが、ピカピカになった様子を見るのは楽しいし、頑張った分だけ綺麗になるから自分の努力が目に見えて分かって嬉しい。

いつもは軟派なフェルナンさんだが、掃除の時は真面目にやっているし、シリルさんも几帳面な性格なのか埃一つないほどきっちり清掃していて、私もそんな二人に負けないように毎日掃除に精を出していた。


沢山体を動かし、掃除を終えると昼食の時間になる。

体の埃を外で払い、掃除道具を片付けたら食堂へ行く。

朝食と内容はあまり変わらないけれど、昼食はいつも何かしら果物がつく。この世界では砂糖は高価なのでお菓子も高く、庶民の甘味と言えば果物が定番らしい。

「ユウナ様、どうぞ」

食事を持って席に着くと、シリルさんが果物を私にくれた。今日はオレンジを八等分したものだった。

「でも、シリルさんの分が……」

「ユウナ様は果物がお好きでしたよね？」

「そうですけど……本当にいいんですか？」

シリルさんが微笑んで頷く。

「ええ、もちろん」

いつも真面目な顔でいることの多いシリルさんだが、笑うと優しくて、かっこよくて……ドキドキしてしまう。

「……ありがとうございます……」

もらったオレンジを食べるのは勿体《もったい》ないが、部屋には持ち帰れないのでここで食べるしかない。

食後のデザートのオレンジは甘酸っぱくて美味しかった。

午後のお祈りを済ませてから、敷地内に併設されている治療院へ向かう。神殿の中はかなり広いから移動するにも時間がかかるのだ。

治療院に着くとすぐに私の担当についてくれる神官が出て来た。

「本日はよろしくお願いいたします、聖女様」

前回も私の担当をしてくれた女性、ルーベ神官が微笑む。

私も背筋を伸ばしてお辞儀をする。

「こちらこそ、今日はよろしくお願いいたします。ルーベ神官には以前も大変お世話になりました。また私の担当を引き受けていただき、ありがとうございます！」

「いいえ、聖女様の担当になれるなんて光栄なことですから。今日も一緒に頑張りましょう」

「はい！」

シリルさんとフェルナンさんは護衛としてそばについているけれど、手伝うことはほとんどない。

……私自身も今はまだ神官について学ぶことが多い。

ルーベ神官と共に診療室に移動する。

あまり広くはない部屋には机と椅子、患者用の椅子、簡易ベッド、棚があるくらいだ。私の仕事はルーベ神官のお手伝いが主になる。小さな傷は私が治すこともある。

ルーベ神官が机のそばの椅子に腰掛けた。

「本日、私の担当は骨折などの重傷者になっております。聖女様――……コウヅキ様は私の助手としてお手伝いをお願いします」

「はい、分かりました！」

そうして治療院が開き、患者さんがやって来る。

最初の患者さんは初老の男性だった。

腰が曲がっていて、その腰に手を添えてゆっくりと入って来た。年若い男性が付き添っている。

多分、息子さんか孫だと思う。

初老の男性の話によるとやはり親子だそうで、数年前に腰を痛めてから癖になってしまって、たまにこうして痛みがぶり返すことがあるらしい。慢性的なものなのだとか。

治癒魔法で癒せばしばらくは元気に過ごせる。

でも、そのうち段々と痛みが戻ってくる。

だから定期的に治療院に通っている。

「今日も治癒魔法をかけていただけませんか？」

息子さんの言葉にルーベ神官が頷いた。

「ええ、もちろん。今から治癒魔法をかけますね」

ルーベ神官が詠唱を行い、初老の男性の腰に手を添えると治癒魔法をかけた。

「おお、痛みが引きました。ありがとうございます」

「いいえ。また痛みが酷くなる前に、早めにいらしてくださいね」

「はい、お世話になりました」

腰が良くなると初老の男性は自分で立ち上がる。

先ほどに比べて腰もまっすぐに伸びていた。

男性達が診療室を出て行ってから、訊いてみた。

「根本的な治療はしないのでしょうか？」

ルーベ神官が困ったように眉尻を下げた。

「治せるなら治して差し上げたいのですが、癖になってしまったものは難しいのです。癖になったものは一見すると悪いところがありません。それなのに痛みを繰り返します。本来は痛めてすぐに来ていただくのが一番ではあるけれど、痛みで動けず、結果的に治療が遅れてしまうのです」

「そうなんですね……」

つまり、完全には治せないということだ。

外から声をかけられて、次の患者さんが入って来た。

目に飛び込んできた赤にハッと息を呑む。

ぐるぐるに包帯が巻かれた手を庇《かば》うように若い男性が入って来た。男性は泣いていた。そばには中年の男性がいて、どちらも体格がいい。その手に小さな袋が握られている。

「助けてください！　こいつ、手が滑って指を……！」

「分かりました」

ルーベ神官の目が真剣になる。

「袋を見せていただけますか？」

ルーベ神官は袋を受け取り、中を見た。

袋には赤いシミがじんわりと滲んでいる。

中身を想像するだけでも怖いけれど、ルーベ神官は微笑んだ。

「大丈夫ですよ。今すぐ治しますね。……すみませんが、患者様のお体を横に向けていただけますか？」

中年の男性が椅子ごと若い男性の体を壁へ向ける。

「ありがとうございます。ここに立って、はい、手を支えて、この状態を維持してください」

中年の男性が若い男性の腕を小脇に抱えるように支えた。

その間にルーベ神官は手袋をつけると袋にその手を入れ、何かを取り出した。多分、指だ。しかし私のほうからは見えない。

「包帯を外していいですかい？」

「はい、お願いいたします」

手元がルーベ神官の体で隠れ、その向こうで治癒魔法の光が広がった。二度、輝くと、ルーベ神官は素早く手を布で拭い、手袋と小さな袋と共に布を机の下のゴミ箱に放った。

「もう大丈夫ですよ。手を動かしてみてください」

恐怖からか目を閉じていた若い男性が、恐る恐る自分の手を見た。

そこには指がきちんとあり、少し震えているが問題なく動く。

「今は感覚が鈍っていますが、一、二時間ほど経てば元通りに動かせますよ。ただ、出血していましたので、大事を取って今日と明日はゆっくり休んでくださいね」

ルーベ神官の穏やかな言葉に二人の男性が頷いた。

「ありがとうございます……！」

「ああ、本当に良かった！」

二人は何度も頭を下げて帰って行った。

足音が聞こえなくなってからルーベ神官が振り返る。

「コウヅキ様、何か気付いた点はございましたか？」

と、問われて私は頷いた。

「……患者さんに治療を見せないようにしていたと感じました。それから、患者さんを不安にさせないようにルーベ神官は気を配っていたと思います」

「ええ、そうです。よく気付きましたね」

それからルーベ神官が教えてくれた。

稀に大怪我をした人が、怪我をした時は何ともなくても、自分の傷口を見て気絶したり、驚きのあまり死んでしまったりすることがあるらしい。

そうでなくとも怪我を見て錯乱する場合もある。

だから患者さんが興奮しないように出来る限り穏やかに話しつつ、中年の男性に壁になってもらって本人に患部が見えないようにし、治療後も血で驚かせてしまわないように拭ってゴミを見えない位置に捨てた。

「傷を治すだけが治療ではありません。私達は患者様の体だけでなく、心も守らなくてはいけないのです。怪我で一番恐ろしい思いをしていらっしゃるのは患者様ですから、慌てた姿を見せると更に怯えさせてしまいます。どんな時でも冷静に。私達まで混乱しては治せる怪我も治せません」

「はい、気を付けます」

その後は大きな怪我をした人はおらず、軽い切り傷などだったので、私もお手伝いとして治癒魔法を使わせてもらった。

ルーベ神官より治すのに時間がかかったのに、みんな、私にも「ありがとう」と感謝の言葉をくれた。

……感謝するのは私のほうなのに。

心が温かくなり、また次も頑張りたいと思う。

日が沈む直前まで治療を行い、治療院が閉まった後は診療室の片付けをして、今日のお仕事は終わった。

「聖女様、本日はお疲れ様でした」

「ルーベ神官もお疲れ様でした。今日はありがとうございます。とても勉強になりました！」

「それは何よりです。また治療院にいらっしゃる時はお声がけください。お教えしたいことは沢山ありますので」

「はい、次もよろしくお願いいたします！」

次もと言ってもらえたことが嬉しかった。

ルーベ神官と挨拶を済ませたら、シリルさんとフェルナンさんと一緒に神殿へ戻り、夕食に向かう。

「ユウナ様、ご気分が優れないなど不調はありませんか？」

シリルさんに訊かれて首を振った。

「大丈夫です！　今日はちょっと驚いたけど、これからも治療院に行くことはあるし、怪我とかにも慣れておかないと困っちゃいますから」

「そうですか……」

心配そうに見つめられて少し照れてしまった。

シリルさんの肩にフェルナンさんが腕を回した。

「聖女様が大丈夫って言ってるんだ。あんまり過保護すぎるのも聖女様の成長の妨げになるぞ。俺達は見守る立場だろ？」

「その通りです！　私ももっと色々出来るようになりたいし、聖女として成長したいです！」

シリルさんと目が合い、あ、と思った。

どこか寂しそうに見えた気がして、気付けば、私はシリルさんの手を取っていた。

「でも、それはシリルさんやフェルナンさん達が見守ってくれているっていう安心感があるからです。いつもそばで守ってくれて、助けてくれて、ありがとうございます」

私の言葉にシリルさんが微笑んだ。

柔らかな笑みにドキリと胸が苦しくなる。

慌てて手を離し、シリルさん達に背中を向ける。

「さ、さあ、ご飯食べに行きましょう！」

立ち止まっていた足を動かせば、後ろから二人分の足音が離れずについて来る。

聖騎士達の、シリルさんの存在は心強い。

……それに、多分、私はシリルさんのことが好き……。

熱くなる顔に気付かないふりをして食堂へ向かった。

夕食後は自由時間である。

シリルさんとフェルナンさんに部屋まで送ってもらった。

二人はこの後、別の聖騎士と交代する。

神殿には大浴場があるけれど、使えるのは二日に一度で、今日はその日ではない。火魔法と水魔法でお湯を作り、濡らしたタオルで体を拭く。他の魔法はまだまだ上手くいかないけど、これだけは必要に迫られたこともあって出来るようになった。

お湯を捨てるために廊下へ出ると、丁度シリルさん達が交代して、仕事を終えるところだった。

「すみません、お湯を捨てに行ってもいいでしょうか……？」

シリルさんが口を開いた。

「手伝います」

「え、でもシリルさんはもうお仕事終わりですよね？」

思わず訊き返すとシリルさんは頷いた。

「行く方向は同じですから」

一瞬、帰って来る時のことを考えたが、シリルさんがそれに気付かないはずがなく、気を遣ってくれたのだと分かった。

「えっと、じゃあお願いしてもいいですか……？」

「はい」

シリルさんが頷き、私の手からお湯の入った桶を受け取る。

水やお湯を捨てる場所は井戸のそばと決まっているため、私の部屋からだと少し離れている。

暗い神殿内は昼間より更に静かで、私とシリルさんの足音だけが響く。

「神殿での暮らしには慣れましたか？」

その問いに私は「はい」と返事をする。

「私、お城より神殿の暮らしのほうが性に合ってるみたいです。毎日充実しているし、神殿では学ぶことも多いし……あ、でも朝早く起きるのはちょっと苦手で、いつもギリギリになっちゃうんですよね」

この世界には目覚まし時計もないため自力で起きるしかなく、最初は何度も寝坊してしまったし、今もたまに寝坊しかけて聖騎士達が扉を叩く音で目を覚ますこともある。

シリルさんが何かを思い出した様子で目元を和ませた。

「私も神殿に入ったばかりの頃は寝坊したことがあります」

「そうなんですか？　ちょっと意外です」

「朝起きるのが苦手でして。朝、早く起きられるようになるまで二年ほどかかりました。何度か朝食を摂り損ねたこともありましたよ」

「それは大寝坊ですね」

困った風に軽く溜め息を吐いたシリルさんに、つい笑ってしまった。

朝のお祈りどころか朝食まで行けなかったなんて、かなりのお寝坊さんだ。起きた時に凄く慌てたことだろう。

「シリルさんにも苦手なことがあるんですね。何でも出来る凄い聖騎士様って感じだったので、なんだか親近感が湧きます」

「そうおっしゃっていただけると嬉しいです。とはいえ、私もまだまだ未熟者ですが」

「じゃあ未熟者同士、頑張りましょう！」

私がガッツポーズをするとシリルさんが微笑む。

「はい、頑張りましょう」

そんな話をしているうちに井戸に到着して、シリルさんが桶の中身を捨ててくれた。

最近、夜は冷えるようになってきた。

元の世界とこちらでは季節がズレているようだったが、この世界だと今は初冬で、これからもっと寒くなるかと思うと心配だった。

肌寒くて腕をさすっていると、ふわりと肩に何かがかけられる。

「部屋まで使ってください」

それは聖騎士の制服の上着だった。

「シリルさんが寒くなっちゃいますよ……！」

慌てて返そうとしたが、止められた。

「いえ、私は元々北国出身ですので、寒さには強いのです。それに普段から鍛えていますから、これくらいの気温でしたら問題ありません」

確かに、痩せ我慢をしている風には見えなかった。

肩に羽織った上着から、シリルさんの温もりを感じて顔が熱くなる。とっさに俯いてしまった。

「あ、ありがとうございます。……お借りします」

「はい。では、部屋に戻りましょう」

桶を持ち直したシリルさんについて建物の中に戻る。

聖騎士の制服は生地が厚手で意外とずっしりしているため、一枚あるだけでとても暖かい。

……それに、ちょっといい匂いがする……。

そこまで考えて我に返った。

慌てて首を振って、今感じたことを頭から追い出した。

「北国ってヴィレンツァ王国ですか？」

「ええ、そうです。あの国は一年を通じて気温が低いのですが、冬は特に寒く、最北の街では寒い日だと人の背丈ほども雪が降るそうです。私が生まれた街は東の国境沿いなので、国の中ではまだ暖かいほうでしたが」

ヴィレンツァ王国とドゥニエ王国はかなり離れている。

「どうしてドゥニエ王国に来たんですか？」

「母がドゥニエ王国の商家の娘でして。ヴィレンツァ王国では聖騎士は最低限の身分がなければ上に行けません。なので母の実家の伝手《つて》を頼って、ドゥニエ王国で聖騎士となりました」

「国によって違うんですね」

「ヴィレンツァ王国は確かに他国とはちょっと違いますね。他に比べると身分重視なところがあるかもしれません」

話しながら来た道を戻っていると、あっという間に部屋に到着した。扉の前には聖騎士が二人いる。

「上着をありがとうございました」

羽織っていた上着を返すと、シリルさんがそれを着る。

「それでは、ユウナ様、おやすみなさい」

「はい、シリルさんもおやすみなさい」

扉の前の聖騎士二人にも声をかけてから中に入る。

扉を閉めて、そのまま勢いよくベッドに向かい、毛布の中に突進する。毛布を巻き込んでゴロゴロとベッドの上で転がった。

「〜〜っ」

……私、やっぱりシリルさんが好き。

もう羽織っていないのに、まだ肩や背中に貸してもらった上着の温もりが残っているような気がして気恥ずかしいが、嬉しくもあった。

シリルさんについて知ることが出来たのも嬉しい。

……聖騎士ってお付き合いとかしてもいいのかな。

神官は聖職者だから結婚は出来ないと聞いているけれど、聖騎士もそうなのだろうか。

そこまで考えてまた顔が熱くなった。

……私が好きだとしても、シリルさんはそうとは限らないよね！

聖女の仕事だってまだまともに出来ていないのに恋愛なんてしてる暇はないと分かっていても、シリルさんのことを考えてしまう。

「……よし、目標を決めよう！」

ベッドから起き上がり、考える。

何か目標を決めて、それが出来るようになったら、私は自分の気持ちに正直になってもいいのではないか。

「そう、一人で聖障儀に魔力充塡がきちんと出来るようになったら……そうしたら、こ、告白するってことで……！」

言いながら、恥ずかしくなってくる。

もう一度ベッドに寝転がり、毛布ごとジタバタと暴れた。

恥ずかしいけど、きっとこの目標ならもっと頑張れる。

……もし断られたら凄くつらいけど……。

このまま気持ちを伝えず、シリルさんが他の女性と付き合うほうがもっとつらい。それなら、当たって砕けてもいいから、ちゃんと私の気持ちを伝えたい。

ふと、篠山さんのことを思い出した。

「……いいなあ……」

篠山さんは皇弟殿下と婚約して、多分両想いになれたのだと思う。皇弟殿下の篠山さんを見る眼差しは柔らかくて、大切に思っていると感じたし、篠山さんも皇弟殿下に向ける笑顔が明るくて可愛かった。何より、二人の距離はかなり近く、そんな関係が少し羨ましい。

でも、同時にそれを見てホッとした。

……篠山さんにも大事な人が出来たんだね。

この世界に召喚された私達は、家族も友達も失ってしまったけれど、また新たな繋がりを作ることは出来る。

私も篠山さんも居場所が見つかって良かったと思う。

ベッドを出て、寝巻きに着替えるともう一度、毛布に包《くる》まる。

篠山さんは帝国で頑張っていて、私の代わりに聖障儀に魔力充塡もしてくれて——

……私も、もっともっと頑張らなくては。

そしていつか、篠山さんが困った時は私も助けたい。

「……明日も早く起きなきゃ……」

うとうとと眠気を感じて目を閉じる。

今日も気持ちよく眠れそうだった。

あとがき

こんにちは、早瀬黒絵です。本シリーズでは二度目ましてですね。

この度は本書をお買い上げいただき、ありがとうございます！

皆様のご声援のおかげで第二巻も発売の運びとなりました。一巻完結予定でしたので私も驚いております。またこの場にて皆様とお会いできることがとても嬉しいです。

今回は沙耶が初めて魔物と戦いましたが、現代で生きてきた彼女からするとワイバーンと対峙してもあまり怖いという感情は湧かないのでしょうね（笑）。

いつでも前向きで挫けない沙耶の芯の強さは私も見習いたいと思います。

パワフルでチートな沙耶の活躍を楽しんでいただけますと幸いです。

そして何やらまだ問題が出てきそうな雰囲気ですね。

家族、友人、小説を読みに来てくださる皆様、出版社様、編集さん、イラストレーターの先生、多くの方々のおかげで第二巻も発売できました。皆様に感謝いたします！

またこの場でお会いできることを願って。

二〇二四年四月　早瀬黒絵

ありがとうございました！
続き気になります
—higmugi

EARTH STAR
LUNA

「聖女様のオマケ」と呼ばれたけど、わたしはオマケではないようです。②

発行 ―――――――― 2024年4月1日　初版第1刷発行

著者 ―――――――― 早瀬黒絵

イラストレーター ―――― hi8mugi

装丁デザイン ―――――― 小管ひとみ（CoCo.Design）

発行者 ―――――――― 幕内和博

編集 ―――――――― 蝦名寛子

発行所 ―――――――― 株式会社アース・スター エンターテイメント
〒141-0021　東京都品川区上大崎 3-1-1
目黒セントラルスクエア　7F
TEL：03-5561-7630
FAX：03-5561-7632

印刷・製本 ―――――― 図書印刷株式会社

ISBN 978-4-8030-1932-2